U0636041

邓·云·乡·集

红楼识小录

图文精选本

中华书局

图书在版编目（CIP）数据

红楼识小录：图文精选本/邓云乡著. —北京：中华书局，
2024.8. —（邓云乡集）. —ISBN 978-7-101-16731-3

Ⅰ.I207.411

中国国家版本馆 CIP 数据核字第 2024KX1339 号

书　　　名	红楼识小录（图文精选本）
著　　　者	邓云乡
丛 书 名	邓云乡集
策划统筹	贾雪飞
责任编辑	詹庆莲
装帧设计	刘　丽
责任印制	管　斌
出版发行	中华书局
	（北京市丰台区太平桥西里38号　100073）
	http://www.zhbc.com.cn
	E-mail:zhbc@ zhbc.com.cn
印　　　刷	北京中科印刷有限公司
版　　　次	2024 年 8 月第 1 版
	2024 年 8 月第 1 次印刷
规　　　格	开本/787×1092 毫米　1/32
	印张 8⅝　插页 7　字数 120 千字
印　　　数	1-5000 册
国际书号	ISBN 978-7-101-16731-3
定　　　价	66.00 元

出版说明

　　邓云乡（1924.8.28—1999.2.9），当代著名作家、民俗学家、红学家。1936年初随父母迁居北京，1947年毕业于北京大学中文系，1956年因工作调动定居上海。

　　邓先生出身于书香世家，少年迁居北京后，于长辈亲族处耳濡目染，且游走于俞平伯、谢国桢、顾廷龙、谭其骧等前辈学者间，对旧京遗事、燕京风物、北平民俗等熟谙于胸，在著作中娓娓道来却让人耳目一新，被谭其骧先生称为"不可多得的乡土民俗读物"，是呈现书香文脉、补益时代人文的优秀文化读本。同时，邓云乡先生长期从事《红楼梦》研究，以着重生活风物、服饰饮食等考证著称，更因《红楼风俗谭》一书成为87版电视剧《红楼梦》唯一的民俗指导。

　　邓先生学养深厚，笔耕不辍，著作等身。2015年中华书局出版的《邓云乡集》17种，囊括了他绝大部分著述，出版以来广受好评。今在其百年诞辰之际，推出图文精选本，择其代表著作中迄今仍引领阅读风尚者，每册约取六至八万文字，配以相关必要图片，以便读者借助文史大家的提点，便捷地领略中华民族博大精深的文化魅力。

　　中华书局2015版《红楼识小录》有文章65篇，今选25篇，以见其书大旨。若读者希望完整了解《红楼识小录》一书，请阅读邓云乡先生原作。

中华书局上海聚珍编辑部

2024年7月

寒雲浮雁墻
弓藥簇新芽
想像慈恩寺
春風滿院花

目 录

银块种种

前面先说清楚银锭和夹剪，下面再说银块。怡红院给大夫马钱，是五两的锭子剪了一半，一块至少还有二两，"这会子又没夹剪"，如果有夹剪，便还可以剪成一两左右的两块；一两一块的如果需要，还可以再剪成五钱左右的两块，这样剪下去，似乎真像"一尺之棰，日取其半，万世不竭"的道理了。实际当然不是这样，剪成二三钱大小的碎银子，也就不能再剪了。

实际当时人们日常使用的银子，大部分都是大大小小的剪碎的银块，所以怡红院袭人堆东西房中那个笸箩内放着的是"几块银子"，不是几锭银子。第二十四回中所写倪二借给贾芸的是"一包银子"，重十五两三钱。贾芸接了，走到一个钱铺中，"将那银子称了称，分两不错"，这肯定也是大小不等的几块银子，共重十五两三钱，只用眼睛是看不准分两的，还必须到钱铺里用戥子称过，才知"分两不错"。那时这些流通在市面上的大大小小分两不同的银块，收付之间，精确的重量要计算到"钱"和"分"，因而不但各种大小商号以及大小衙门中要有戥子或天平，即使一般人家，也要有个戥子，以备银钱出入，随时称称银块的分量。一块银子，拿在手中，掂掂分量，即使是银钱业的老伙友，也只能说个大概，很难一下说准"几两几钱几分"，何况怡红院中的人物如宝玉和麝月各位呢，自然更不知道了。第三十七回写袭人派人给湘云送东西去，写道："自己走到屋里，称了六钱银子，又拿了三百钱走来……"不写"拿了六钱银子"，而写"称"，说明是用戥子秤的，但是戥子精确度比称高，有两行细密的星儿，有两、钱、分之别。没有用过的，是不大会用的。因而宝玉、麝月既不知银块的重量，也不会用戥子去称。在那个时代里，这种人是

▶（明）黑漆描金云龙纹戳子盒

▶（清）银镀金戳子

很多的，作者写得一点也不过火，只不过现在读者因生活隔阂，难以想象罢了。

整个元宝，整锭银子，在流通中被剪得零零碎碎，最后如何处理，就是被大小钱铺收回去，再送到炉房或银楼去重新熔化浇铸成元宝或银锭。在那时市面上有大大小小的专门收碎银子的字号和个人。那时有一种专门沿街串巷收买碎银的小贩，叫作"杂银嵌换钱"，实际这像收破烂的一样，样样都买，但主要是收兑零零星星的碎银子，烂首饰。当然收铸银锭，主要是靠大小钱铺收兑，小商小贩，只不过是很零星的而已。

使用白银作货币，除去交易之间要反复称重量，要用夹剪夹开等手续麻烦之外，还有一个金属纯度问题也十分麻烦。客观上"银子"的概念，是百分之百的纯银，所有银器及银锭，元宝上都铸有"足纹"二字，同金器的"足赤"一样，表示百分之百的纹银和赤金。但实际上是没有百分之百的纯银的，因之要讲"成色"，这也是很复杂的。再有戥子、天平的标准程度也不完全一致，上下总有一些差别。当时以户部银库出纳的天平为标准衡，叫作"库平"，北京商业银钱界通行的天平标准叫"京平"，其他外地如四川叫"川平"，潮州叫"潮平"，等等。当时"库平"是国定纳税的标准衡，银元通称"七钱二"，即每个银元含库平纯银七钱二分，实际库平比一般市平重，库平一两，要合到市平一点一九三六市两。由于白银在使用中还存在成色的标准和重量的标准等问题，所以换算起来是十分麻烦的。这里举一个八十年前的实例，来看看使用白银的复杂程度。庚子时京官四川泸州人高枏在一九〇一年四月初一日的日记中记了一笔汇款的账：

九弟交廖述之川平足银五百七十七两九钱，

汇丰俱以九七六、九八三看色，

共合漕（平）五百五十六两七钱，

申水二十六两六钱，

合九八规元五百九十五两三钱，

合公砝（即法码二字）平足五百五十三两七钱。

述之信三笺，言二月二十二日同铁船父子抵

泸州，以数托交渝天顺祥兑沪。在渝，闻以银兑规元则易，以足银兑足银甚难。

试看这笔汇兑账该多么复杂，四川的银子，汇到上海，汇丰是兑款字号，看色是看成色，以"九七六"看色，即一百两算九十七两六钱，去三两三钱杂色。共合"漕（平）"，即漕运的标准平，这是沿海各省公用的标准平。"申水"是汇上海的汇费，习惯叫"贴水"。"规元"和"公砝"是当时市场上公议的白银单位和计量单位。从这个例子中，可以看出当时用白银作为货币在使用和汇兑中是多么地不便了。

我国在历史上，宋代、元代曾发行过纸币："交子""会子""宝钞"。在清代咸丰时一度发行过，不久即停止。[1] 而各地的银钱业、钱铺票号炉房却都自己发行银票，这种银票是用皮纸、高丽纸蓝色水印空白票纸，

1　清代只在咸丰时，因军事关系，经费困难，国家发行过钞票。据福格所著《听雨丛谈》记载："咸丰年军饷浩繁，言官请用钞票，部议允之，行未数年，停止弗用。其钞以高丽纸为之，宽四寸，长七寸，印造双龙边，极为精细。银钞至少者一两。钱钞至少者制钱五百文（即京钱一千文）。"

无一定票面数字，顾客存五十两银子在店里，便给开一张五十两的银票，可在当地使用，也可到有联号的外地使用，凭这张银票还可到其本店或其他联号，以及来往的字号中兑现银。实际上这种银票性质并不同于钞票，却类似现在银行开出的本票。这种银票全靠商号的信用。

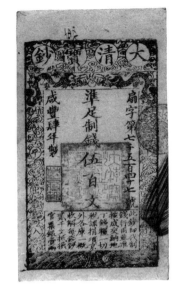

▶ 大清宝钞

如果今日开票，明日钱铺关张，那便是一张废纸了。所以先必须打听好钱铺的实际情况，才不会上当。道光《都门记略》中记道：

> 京师钱铺时常关闭，客商换银，无论钱铺在大街小巷，与门面大小、字号新旧，必须打听钱铺虚实，不然今晚换银，明日闭门逃走，所开钱帖，尽成废纸。

这就是说拿银子存到钱铺中去开银票，或银钱来往，接受他人的银票，都必须注意看看字号是否靠得住，不然是要上大当的。另外还有一种假银票，都是假造的著名大字号的银票，票额都不大，三两、五两之类，拿着去骗街头兑换银钱的小钱摊。同治《都门记略》所收竹枝词《换钱摊》中所谓"带收铺票充高眼，错买归家只叫天"，说的就是这个情况。假银子、假银票在当年的实际生活中是常遇到的。仲芳氏《庚子记事》九月二十日记云：

> 老三爷帮人设摆钱摊，因收假银两处，仅一月有余即被人辞回。

摆钱摊的人还收假银子呢，何况怡红院中人，虽然在金银堆中，却不认识银子，这是因为以银子作为货币，使用起来，实在太麻烦了。对于今天用惯钞票的人说来，是很难想象它的麻烦程度的。

黄金·金价

《红楼梦》写到金器、金子的地方很多，有的不但说到金子，而且说到了金价，这是涉及到"经济史""货币史"的问题。在目前世界上黄金价格猛涨的情况下，谈谈《红楼梦》中的金价，也是很有意思的。《红楼梦》第五十三回《宁国府除夕祭宗祠》，写宁国府过年的准备，有几句道：

> 正值丫头捧了一茶盘押岁锞子进来，回说："兴儿回奶奶，前儿那一包碎金子，共是一百五十三两六钱七分，里头成色不一，总倾了二百二十个锞子。"说着递上去。尤氏看了一看，只见也有梅花

式的，也有海棠式的，也有笔锭如意的，也有八宝联春的……

这一段金子写得非常具体，一包碎金子：包括残缺首饰，如镶珠宝的钗环等，珠宝掉了，只剩下一个金托子；零星金叶子、金豆、剪断的镯子、金块等；式样太陈旧的残缺的金锁片、金头面（即发饰）等；各种镶嵌物上掉下来的金饰，金玉如意上掉下来的如意头，镶金牙筷、乌木筷子上掉下来的筷子头，解手刀鞘上掉下来的饰件，衣带钩等；再有残缺金用具、金碗盖、金茶托、零星金钮子，碰扁的金碗、金杯等。总之都是些不成件的，不能再按照它原来用途使用，或没有保存价值的，因而都要回炉熔化，重新烧铸。所谓"里头成色不一"，就是这些碎残金器中，纯金的成分不同。过去金首饰，有所谓"足赤"的说法，意思是百分之百的赤金（赤金就是指纯黄金，另有紫金，是在"一氯化金"中加上"二氯化锡"的成分，金呈紫色。第十八回记元春的赏，有"紫金笔锭如意锞十锭"，就是这种紫金）。而实际旧时冶炼黄金，能达到"九九九"的纯度，基本上已是很好的纯金足赤了。而一般金器则大多是九八、九七，即金中总有百分之二三的杂质。再加镶嵌的金件都有焊锡、灌银等，更使各件碎金的纯度不一，所以用"里头成色不一"一句话而概括之。为了使一般读者了解金器的"成色"情况，这里引一条故宫博物院出售金器的资料。一九三二年故宫博物院分三次标卖一些残破金器，八月十二日第三次出售残废金质器皿，其中第一标是：

金八仙　九件　原镌二两平重量是三九一两四钱七分，原镌成色八成。现称市平重量三八五两四钱四分。

得标商号是宝源金店，其投标情况是：

剔除灌铜、银块、质锈等重量五钱六分。净得重量三八四两八钱八分，所投每两成色是六八三二（较原镌八成低——二八），折合足金是二六二两九钱五分零零一丝六忽（即两后计六位小数），每两价值是一〇二元一角，总标价是二六八四七元一角九分。

以上资料是从《故宫博物院三次标卖残废金质器皿经过情形》一书引用的，可以看出残缺金器剔除杂质及折算成色的情况。当年银钱及金饰业在收入金银的时候，总是压低成色，这样自然可以获得利润。而在付出金银实物时，总是抬高成色。当年各种金器首饰等，在底部均錾有印记，如"足赤""九金"等。故宫所售之金八仙，原錾"八成"，就是当年浇铸这套八仙的商号所錾，对成色自有抬高处，而出售时投标商号，对其成色又有意压低一成多，一出一入，就是百分之十以上的金价被商家无偿地巧取了。宁国府用碎金子倾成锞子，除去实际应付的费用而外，商家从折合成色上获得的利润，要比应付的工费多得多。

一百五十三两六钱七分碎金子，"总倾了二百二十个锞子"，"倾"就是把碎金子在炉上熔化成金液，然后再倾入各种花样的模子中，冷却后翻出，就是所说的"梅花"、"海棠"（指形状）、"笔锭如意"、"八宝联春"（指花纹）等小锞子。"锞"字，旧时标音：古火切，音果，或苦瓦切，音髁。俗音则读成"课"字，即金银"锞"子，读成去声。过去作为货币交流的金银，名称有"元宝"，简称"宝"；"锭子"，简言"锭"，即"铤"字；再有就是"锞子"。"元宝"，宋代是钱名，宋太宗赵光义淳化改元（九九〇年）铸钱，亲笔书"淳化元宝"。终宋之世，"元宝"都是钱名，无金银元宝名。银元宝是从元代开始的。《元史·杨湜传》：以湜为"诸路交钞都提举"，湜"请以银五十两铸为锭，文以'元宝'，用之便"。

赵翼《陔余丛考》所考"元宝"，与此基本上一样，又推论到金章宗承安五年。自元代以后就把大的马鞍形银锭五十两者一般叫作元宝了。十两、五两叫作"锭子"，就是古代的"铤"字，小的一两、二两叫作"锞子"。一百五十多两金子，倾成二百二十个锞子，每个重量七钱不到。这七钱不到的小金锞子，每枚值多少钱呢？当时的金价如何？在这一段中未写明，但就在同回书另一段中却写到了。乌进孝来送年租，进来见贾珍、贾蓉，乌进孝笑道："……娘娘和万岁爷岂不赏呢？"

> 贾蓉等忙笑道："……就是赏，也不过一百两金子，才值一千多两银子，够什么？"

再有第六十九回写凤姐的话：

> 昨儿我把两个金项圈当了三百银，使剩了还有二十几两，你要就拿去。

这两则都写到了当时的金价，虽然不够十分准确，前面贾蓉说的一千多两，是举个成数。后面三百银，是三百两才像话。银数具体，但两个项圈多少两未写明，而且是"当"，价钱要比卖少得多。但是把他二人的话略作分析，还可以看出当时的金价。贾蓉所说一百两金子，一千多两银子，"一千多"，虽系未定词，但习惯是指一千出头，即一千零几十，到一千一二百，如系一千五或以上，就不便说"一千多两"了。两个项圈当三百两，卖自然不止，以加百分之二三十算，即每个值近二百两，如系纯金，按贾蓉所说价格，则重量在十五两左右。作为一个项圈，是套在脖子上的，感到似乎重些。但在当时，这样重的金首饰是不稀奇的。四五十年前，见人家保存的清代中叶的三股拧麻花镯子，每只有重五、六两的。因之十五两的金项圈，在当时也是实在的了。

我国金价，在古代因为度量衡不统一，远古的情况复杂。近古明、清二代是十分清楚的。俞正燮《癸巳存稿》云：

《元史·食货志》：至大三年九月钞法，银钞一两，准黄金一钱。明时则似汉例为五换。弇州（王世贞）史料笔记云：永乐五年，金一两折钞四百贯，银一两折钞八十贯。

这是明代初年的官定价格，是与大明宝钞的兑换率。

实际在商业上有涨有落，金价是浮动的。钱泳《履园丛话》中记云：

> 顾亭林《日知录》记明洪武八年造大明宝钞，每钞一贯，折银一两，四贯易黄金一两。十八年后，金一两当银五两（按此换算率同俞正燮说的一样。不过对钱数的说法不同。俞正燮所说八十贯，实际是八百文铜钱）。永乐十一年，则当银七两五钱。万历中，犹止七八换。崇祯中，已至十换矣。国朝康熙初年，亦不过十余换。乾隆中年，则贵至二十余换，近来（指嘉庆、道光年间）则总在十八九、二十换之间。

另据邓之诚先生《骨董琐记》所记："乾隆时金价二十换，见陈辉祖案明谕，视明末已倍之矣。"可与钱记参看。而且这里所说是乾隆中年，金价贵至二十余换，可能指做成的首饰、器皿等。而乾隆前期一般金银换算，如贾蓉所说，似较此为低。《清代野史大观》卷十二曾记有乾隆时一案例："西峰寺案"。内中反映出当时金价。

乾隆五十三年七月步军统领绵恩奏：西山戒台寺北西峰寺带发修行妇人，法名"了义"，俗姓张李氏，顺义县人。装神治病骗钱，由其寺中查出金六十四锭，重二百八十两，银二千六百两，金镯四只，计重八两。据招认：

> 户部银库员外郎恒庆（原任山西巡抚图思德之子，现任户部银库员外郎）之妻宜特莫氏，素患痰喘病症，亦经民妇祈祷痊愈，宜特莫氏每月给养赡银四五十两不等。又听从民妇令舍银一万七千余两，重修石厂地方三教寺，又添凑金子二百八十两，合计共银二万余两。

所说二万余两，最多亦不过二万一二千，不会到二万五千两。已付一万七千两，距二万余两，所缺之数，在三千到五千两之间，以二百八十两黄金补足。如以三千两计，每两黄金不过白银十两七钱；如以五千两计，则每两折合白银十八两多。接近钱泳所说的"十八九换"。而与贾蓉所说的又稍有距离。因

清代银锭

一百两金子等于一千八百两白银，则不好说是"一千多两"了。而凤姐说两个项圈当三百两。到当铺里去当金器，那在当年是最硬气的"当头"，如当价只照实价低二成，则项圈实价三百六十两，每个一百八十两，则仍是十两重一个。较前面所分析，项圈重量要轻五两。不过这已是在《红楼梦》成书近四十年后的金价了。在《红楼梦》时代，即乾隆初年，据分析，金价应在十两白银以上，十五两白银以下，这样比较接近真实些。以之解释贾蓉的话和凤姐的话，都是讲得通的。

金子是不断上涨的。即以白银来兑，其比例也越来越高。清末华学澜《庚子日记》十一月初八记云：

魏玺亭世兄来，言由昌平州始回，黄金四两为其乡人强借二两，其二两易银不及六十两。

所谓"不及"，是说卖得便宜。然卖得便宜，也已合到三十两换一两，较之《红楼梦》时代，黄金的实际价值，已增加了一倍以上。这距《红楼梦》时代，不过一百三十年左右。再过三十多年，即一九三二年，故宫博物院标卖残废金器的时候，如前所引，每两是一百零六元现洋，以每枚银元"七钱二"折合，那也足足要合到七十来两白银才能买到一两黄金。较《红楼梦》时代，实足上涨五倍左右，较庚子（一九〇〇年）时，也足足要上涨一倍多了。其故安在呢？这要经济学家、货币学家来讲出个所以然了。

当头·当铺

《红楼梦》第九回写茗烟闹书房，有这样几句话：

> 璜大奶奶是他姑妈。你那姑妈只会打旋磨儿，给我们琏二奶奶跪着借当头，我眼里就看不起他那样主子奶奶么！

这几句话中有"当头"一词，是什么意思？而且又说是"跪着借当头"，又是什么意思？现在理解起这些词语来，确实是有一定距离，比较困难的了。

"当头"一词，不能读成"明月当头照"的"当头"，而应读去声，即当铺的"当"。"当头"就是拿了送到当铺里去的物品的代名词。不论是一件衣服，或是一件首饰等等，只要是准备拿出去当号，均可叫作"当头"；如果去赎，可叫作"赎当"，也可叫作"赎当头"。既然是送当铺去当的东西叫当头，为什么还要去借呢？借了东西再去当，难道不会直接借钱吗？正是这样，宁可借东西去当，而不直接去借钱。茗烟的话虽然是意在奚落对方，故意挖苦，而实际生活中则是有这种情况的。这是既有辛酸，又有虚伪的一种情况。

穷人家生活困难，有了急事，急等钱用。自己没有，只有两条路，一是当，二是借。当吧，自己没有值钱的东西；借吧，又觉得难开口，又怕碰钉子，这样就想出了第三种办法，就是借了东西来送当铺，等有了钱把东西赎出来，再还人家。这样既保存了面子，又便于措辞开口。如说到某家去赴席，借一件什么好衣服穿穿；甚至说要做什么样衣裳，借一件什么样衣裳来作样子等等。这样都可以似乎不伤体面地把东西借来，然后作为当头去当号。这正说明当时某些人的虚伪性。茗烟所说虽是恶奴的口吻，但也正是揭了璜大奶奶的短。说明璜大奶奶的确是一个十分虚伪、专以奉承为能事的可厌的小人物，这从第十回《金寡妇贪利权受辱》中，可以看到很生动的描绘。这已是题外的话，不必多引了。下面主要是从"当头"再说到当铺。《红楼梦》第五十七回写邢岫烟告诉宝钗："前日我悄悄的把棉衣服叫人当了几吊钱盘缠。"宝钗要替她去赎，问她："当在哪里了？"她道："叫做什么'恒舒'，是鼓楼西大街的。"这就是《红楼梦》中所写到的当铺，正是"丰年好大'雪'，珍珠如土金如铁"的薛家开的。所以"宝钗笑道：'这闹在一家去了！伙计们倘或知道了……衣裳先来了。'岫烟听说，便知是他家的本钱……"这段所写，把当铺的名称、地点、东家、当东西的人都写进去了。

现在世界上可能还有类似当铺的那种买卖。但像《红楼梦》中所写的那种北京的老式当铺，现在肯定是没有的了。为此想把它作一个较全面的介绍，使当年这种最能体现世态炎凉的无情生意，留下一点历史的影子。

在当年，当铺是大字号。首先，没有雄厚的资本、高大宽敞的房舍，是不能开当铺的。当铺的铺房，都是坚固高大的；墙特别高，大门一般都钉了铁叶子，有的大门外还有高大的木栅栏；如果是铺面房，即临街开门、开窗的一般店铺式房屋，就更要装上坚固的木栅栏，特别要注意防火、防盗、防抢劫；当铺大门外照例有一个特别的大旗杆，底座是两方高石头夹好，上铁箍箍牢，旗杆中部，有一个斗形的方盘，与一般旗杆不同的是：它是一根，上刻盘龙，这不叫旗杆，有个特别名字，叫作"钱龙绕金柱"。这是当年当铺的特殊标志。当铺内部主要是各种库房，收存当来的各种物品，库房内还要防鼠、防蛀、防潮。当铺里面最多的是各种衣服，皮衣都要特别保管，到了夏天，要放樟脑，要拿出来吹风。该晒的还要晒。俗话把当铺叫作"长生库"，正是指这些库房说的。当铺的营业场所——店堂，是最特殊的。同任何买卖都不一样。进入它的店堂，什么也看不见，只有一排又高、又宽的大柜台，冷冰冰的像一堵墙头一样，把来当号的人挡在外面。当铺柜台的高度约近四尺，小个子的人有时要欠起脚来才能看到里面。当号的人把要当的东西举到这个柜台上，如果是个衣包，高踞在柜台里面的店伙，称作"朝奉"的把包打开，冷冷的一句话："当多少？"你如要得多，他有时还你个价，有时只把原物推给你，不理你了。如果你要当的钱数他认为可以，便把东西收进去，开票，把票和钱一同付给你，这笔生意便算做成功了。当铺同收买旧货不一样，它只要看准这东西值钱，你要的价并不太多，到时候肯定要赎，它并不狠煞你的价钱。因为它要赚你一笔利钱，压的价钱太低，也是没有好处的。

拿当头去当号的人，大约可分五种：

一是最穷苦的人，贫病交加，实在过不去，拿出家中仅有的一两件衣物送进当铺，总希望多当几个钱。但当铺对这类当户照例是不欢迎的。因为这种人的"当头"都是破破烂烂，绝对没有好东西，当铺从这种生意上赚不到钱，所以不是把东西给扔出来，就是把当价压得极低，当破烂收进去，因为它本身不愿做这样的生意。

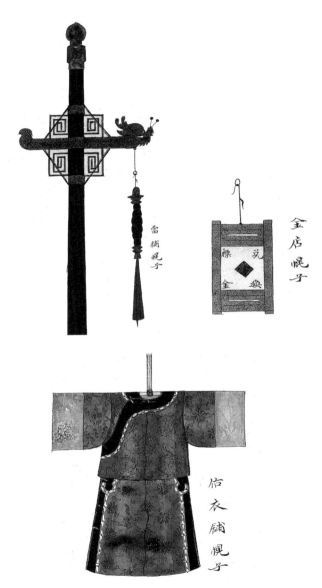

当铺幌子

金店幌子

估衣铺幌子

▶ 京城店铺的幌子

二是手头有点东西，现钱经常缺乏，但定期还有收入，这是经常照顾当铺的人。那时北京有句谚语道："穷不离卦摊，富不离药罐，不穷不富，不离当铺。"这种人是一年四季都要照顾当铺的。皮衣脱下来，当皮衣赎棉衣，价值不同，还可以剩点钱；夹衣脱下，要当夹衣赎棉衣，这当物所得钱少，赎物所用钱多，要添钱进去，就比较困难了。当年也有京谚道：

> 皮顶棉，倒找钱；棉顶夹，倒找嘎（按，嘎即小钱，口语叫"嘎"）；夹顶单，倒拐弯；单顶棉，须加钱；棉顶皮，干着急。

这正是常年跑当铺的人的实际情况。岫烟出身贫寒，但又不是最穷苦的人，所以类似这种当户。

三是有些小户殷实之家，以当铺作为仓库。清代讲究穿皮货，小户殷实之家，也有几件贵重皮衣，在夏天保存起来，十分麻烦，要放樟脑，要找宽敞地方吹风，以防蛀、防潮、防脱毛等，便在春天送到当铺去当掉，

▶ 当铺

冬天再赎出来。这种当户，不要求多当钱，以免多出利钱。当铺对待这种当户反而要让他多当些钱，不然到赎当时利钱太少，还不够当铺的保管费呢！

四是地痞、流氓以及地面上巡街的铺丁之类的人物。这些人是地面上的恶势力，当铺也不敢惹他们。他们随便拿件破皮袄、破酒壶，也可以当几两银子，当铺为了做生意，求太平，总要设法敷衍他们。如果得罪了地面上的混混，也不得了，带把菜刀，跑进当铺，当场斩一段手指下来当银子，当铺也受不了。这在当年北京也是最能叫狠的，任何买卖家也不愿找这个麻烦。

五是官僚大家，周转不灵，急等钱用，拿着整箱整箱的银器、古玩、书画、细瓷、贵重皮衣去当整笔的银子。《红楼梦》第五十三回贾蓉向贾珍道：

> 前儿我听见二婶娘和鸳鸯悄悄商议，要偷老太太的东西去当银子呢。

第七十二回写贾琏真托鸳鸯偷运一箱金银家伙出来去押银子，等半月光景钱来了，再赎来归还。后面他又对凤姐道：

> 你们太狠了！你们这会子别说一千两的当头……

这都反映了官僚豪门一样也要和当铺打交道，也要借"当头"当号。而当铺中则是最欢迎这种户头的。因为这种当户的当头都是值钱的东西，当的钱是很大一笔银子，赎当时能赚很大一笔利钱，如果因特殊原因不来赎取，这批东西将来死了号，那就更可以发财了。

大　廊

　　《红楼梦》第二十七回写芒种日，大观园中做"饯花会"。大家都在园子中玩耍，探春遇到宝玉说：她又攒下十来吊钱，托宝玉出门时，替她买些好字画、好轻巧玩艺儿回来，这种情况是不难理解的。当时像这样的仕宦豪富之家的小姐，要想出来随便到街上逛逛，自己买点中意的、好玩的玩艺儿，是为礼法和家法所局限，不能办到的。这种情况如果在南宋之前，还比较好办些。如北宋著名女词人李清照，在十八岁时嫁给赵明诚为妻，公公赵挺之是丞相的地位，论门第、论身份、论年龄、论才学，都丝毫不比《红楼梦》中的那些姐妹们差，而却比较自由，可以"每朔、望谒告出，质衣取半千钱，步入相国寺，市碑文、果实归，相对展玩咀嚼"（见《金石录后序》）。十八九岁的女词人李清照和二十来岁的年轻丈夫金石家赵明诚，小夫妇二人能经常自由自在地去逛汴京热闹的大相国寺，在拥挤的人群中随意买书画、碑帖、果饵等物。但这种情况在《红楼梦》时代，就变成不可思议的了。这是因为在南宋之后，理学（也就是道学）盛行，越是官僚、仕宦之家的妇女，越是要受到礼法和家法的约束。像是这一类的事情，一定要受到家长的限制，不会发生。如果发生，便要受到指责，认为是咄咄怪事，甚至认为是大逆不道了。沈三白《浮生六记》中记载他与他夫人芸娘出去游玩，常常是瞒着他母亲的，有一次芸娘甚至穿了男人的衣服化装成男人同他一道去玩。这些都说明了当时青年妇女出门游玩的困难之处。因此像探春这样的未出阁的小姐，自然更是绝对不会自己上街买东西的了。

自己不能去买，便托宝玉去买。宝玉回答道：

我这么逛去，城里城外大廊、大庙的逛，也

没见个新奇精致东西，总不过是那些金、玉、铜、磁器、没处撂的古董儿；再么就是绸缎、吃食、衣服了。

前面的情况容易理解，从旧时的封建礼教一说就清楚了，而这几句却比较困难些。因为这是当时北京特有的生活实况，语言所表现的是具体的事物，不是抽象的道理，年代久远，具体事物发生了很大变化，当时很普通的话，到了后来，就变成为很难理解的了。比如说：什么叫作"城里城外大廊、大庙"呢？"大庙"，了解历史风俗的，还能理解为庙会；至于"大廊"，似乎就更难理解了。要知道这个特殊名词，是有它的历史根源的，这要从明代说起。

小燕王朱棣把他侄子建文皇帝打垮，坐了天下，把明代的京城由原来的南京搬到北京，建立了纪年"永乐"的王朝。永乐四年闰七月开始修建北京，营造皇宫、郊庙、街道、廊房，到永乐十八年完成，就是北京旧时内城的样子。当时把主要商业区先摆在大明门外（即现在仍保留着的前门门楼后面那一片空地），因为是正方形的，所以叫作"棋盘天街"。在这里左右两侧都修造了带有大廊子的商业用房，叫作"廊房"，租给买卖人摆摊做生意，十分热闹。明末蒋一葵《长安客话》中道：

> 大明门前棋盘天街……天下士民工贾各以牒至，云集于斯，肩摩毂击，竟日喧嚣，此亦见国门丰豫之景。

这里是当年第一等的"大廊"，是城里的大廊。不但白天热闹，连晚上也很热闹。康熙时诗人查嗣瑮，在他的《杂咏》诗中，有一首写"天街"道：

> 棋盘街阔静无尘，百货初收百戏陈。
> 向夜月明真似海，参差宫殿涌金银。

从查嗣瑮的诗中，可以想见当时棋盘街的热闹了。《红楼梦》和这个时代是相隔不远的。这种"廊房"的建筑，大体像大明门（清代叫大清门，辛亥后叫中华门）里面左右两侧，以及现在还存在的天安门里面左右两侧的朝房一样，是有宽大廊子的木建筑。棋盘天街虽然在明、清两朝一直十分热闹，但到一九〇〇年，即庚子时，因战争影响，大部分被火烧了，残余部分也拆除改建了。仲芳氏《庚子记事》六月十九日记云：

> 前内由棋盘街东廊起，东交民巷、东城根、御河桥……一带，官民住宅铺户货产，俱被武卫各军枪击火焚，蹂躏殆尽。

华学澜《庚子日记》七月十一日记云：

> 两月未出前门，城里外被焚烧，一片瓦砾，触目伤心。

这是当时的破坏情况。自此之后，正阳门之内的棋盘街全部都经改建过，再看不到当年"廊房"的面貌了。

以上是城里的大廊，还有城外的大廊，首先就数前门外的。在永乐年初建北京时，先只修了内城，还未修外城。正阳门外两侧是都城正门出入的要冲，是最热闹的地方，所以也修了许多"廊房"给各类商人设摊贸易，因而一直到现在还有"廊房头、二、三条"的街名。康熙时诗人查慎行在《人海记》中记云：

> 永乐初，北京四门、钟鼓楼等处，各盖铺房店房，召民居住，召商居货，总谓之"廊房"，视冲僻分三等，纳钞若干贯，洪武钱若干文，选廊房内住民之有力者一人，签为"廊头"，计应纳钱钞，敛银收买本色，解内府天财库交纳。

前门外西面廊房头、二、三条，都是这种建筑，而且照初白老人所记，可以看出这"廊房"最初不但是一种商业建筑，而且是一种商业组织。同时各个城门附近都有，所以现在阜成门内还有"东廊下""西廊下"等地名，这些都是从明代永乐时的"廊房"流传下来的。

年代久远，街道坊巷，各种建筑的变化太大了。就以最冲要的前门外廊房头、二、三条来说吧：在贾宝玉逛城里城外的大廊、大庙时，这些地方是否仍是永乐时建筑，已不可考。不过按年代算，已经历了二三百年，也应该是几经沧桑了。至于在此之后，那变化就更加大了。在近一百五十年中，这一带就经历过两次大火，一次是一九○○年庚子，五月二十日团民在大栅栏火烧老德记大药房，引起大火，

▶ 大栅栏雪景

烧了一两天，把大栅栏以北直到西河沿，包括廊房头、二、三条烧了个光。在此以前，还有一次大火，那就是道光二十年，即一八四〇年。杨典诰在《庚子大事记》中记录大栅栏大火时，曾引《春明丛说》道：

> 道光二十年庚子岁，五月十一日午时，前门外居民不戒于火，延烧数里，将正阳门楼烧去，至十二日黎明火止。

这就是"廊房"的沧桑，现在"廊房"的街名虽然还在，而"大廊"的说法，已经早已不流行，曹公的话，时至今日，要注解之后，才能为人所理解。至于当年"廊房"的建筑，则早已无法寻找了。

大　庙

　　说过"大廊"，再说说"大庙"。《红楼梦》中虽有
"大廊""大庙"的说法，但却没有市井的描写，没有
看到曹公笔下像《东京梦华录》《清明上河图》等描绘
汴京的场景那样，描绘一下康熙、乾隆时代北京大廊、
大庙中的热闹情况，这是非常遗憾的。北京昔时所说
的像汴京大相国寺、杭州昭庆寺、苏州玄妙观那样的
大庙，在清代初年还首推西城旧刑部街的都城隍庙。
清初谈迁《北游录》中"都市"条记云：

　　北方待期而市曰"集"，市师大明门两旁曰朝前

　市，不论日……刑部街西都城隍庙市，则每月朔

望及念五日，今庙市移外城报国寺，期如前。甲午冬增市灵佑宫，则每月八日。

这是清初顺治年间的"大庙"集市情况，还继承了明代庙市的规模。刘侗在《帝京景物略》中记录城隍庙的热闹情况说：

东弼教坊，西逮庙垧庑，列肆三里，图籍之曰古今，彝鼎之曰商周，匜镜之曰秦汉，书画之曰唐宋，珠宝象玉、珍错绫锦之曰滇、粤、闽、楚、吴、越者集。

到了康熙年间，又增加了城外的土地庙（在宣武门外），查慎行《人海记》云：

槐树斜街即土地庙斜街，旧时古槐夹路，今每月逢三日为集。

到了乾隆时代，北京的"大庙"，又有了些变化。城隍庙、报国寺、灵佑宫等早已冷落了，而又增加了护国寺、隆福寺，乾隆时汪启淑《水曹清暇录》记云：

> 庙市，西城则集于护国寺，七、八之期；东城则集于隆福寺，九、十之期，惟逢三则集于外城之土地庙斜街。

从以上几则资料中，可以大略了解北京清初庙市的演变。所谓"七、八之期"等，就是初七、初八、十七、十八、二十七、二十八，即每月开六天。当时到这些庙中游玩、买东西，人们习惯叫作"逛庙"。这就是《红楼梦》第二十七回中宝玉所说的"城里城外大廊、大庙的逛"的具体背景。其中所说的"大庙"，实际城里所指就是隆福寺和护国寺，城外所指就是土地庙了。

这些庙的历史，在许多书中都有记载。隆福寺和护国寺都是明代就有的名刹。隆福寺叫大隆福寺，是明景宗朱祁钰勒建的。庙宇很大，前门在东四隆福寺街，后门在钱粮胡同，大法堂的汉白玉栏杆，是明代宫内翔凤殿的旧物。景泰四年，庙建成，朱祁钰本来想亲自到庙里来，后来接纳了臣下的意见，认为"不可事夷狄之鬼""不可临非圣之地"，所以没有去。但是敕都民观览，因而开光时十分热闹。清代在雍正时曾大修过一次，后来在光绪二十七年发生过一次火灾，把大殿都烧光了。

护国寺在西城定阜大街，正名"大隆善护国寺"，最早叫崇国寺。这个庙的历史比隆福寺还早，在元代就有了。元代叫北崇国寺，明代宣德年间，赐名"隆善"，成化时，加"护国"名。过去有赵孟頫撰并书的碑，有危素撰并书的碑。据说这个庙原来是元初宰相脱脱的住宅，后来舍以为寺的。在千佛殿旁有一老髯塑像，穿朱衣，戴幞头，一老妪塑像，穿朱裳，戴凤冠，据说就是脱脱夫妇的塑像。明代后，庙里还供过姚广孝的影像。

三个大庙中，土地庙范围比较小，庙期也少，每月只开三天。这几处庙市持续的时间很长，由《红楼梦》时代十八世纪初叶一直到二十世纪的四十年代还存在，前后差不多存在了二百五十年之久。现在老北京中五十多岁以上的人大概都还有过逛庙的经验吧。

《红楼梦》时代的庙会，正是庙会的鼎盛时期。得硕亭的《京都竹枝词》中有一首道：

东西两庙货真全，一日能消百万钱。

多少贵人闲至此，衣香犹带御炉烟。

营业额如此之大，所以叫作"大庙"。庙上生意，除宝玉所说的"总不过是那些金、玉、铜、磁器、没处撂的古董儿，再么就是绸缎、吃食、衣服"之外，还有各种卖艺的，再有值得一提的就是出售

▶《京都叫卖图》中"卖瓷器的"

各种花木、鲜花的花局子。这是东西两庙及外城土地庙的一大项目。多少年中一直是如此，而且品种越来越多。曼殊震钧的《天咫偶闻》中记隆福寺的花局子云：

> 惟寺左右，唐花局中日新月异。旧止春之海棠、迎春、碧桃，夏之荷、榴、夹竹桃，秋之菊，冬之牡丹、水仙、香橼、佛手、梅花之属。南花则山茶、腊梅，亦属寥寥。近则玉兰、杜鹃、天竹、虎刺、金丝桃、绣球、紫薇、芙蓉、枇杷、红蕉、佛桑、茉莉、夜来香、珠兰、建兰，到处皆是，且各洋花，名目尤繁，此亦地气为之乎？此外，西城之护国寺，外城之土地庙，与此略等。

不过这已是比较后期的情况，至于在《红楼梦》时代，各大庙会上的花铺是否也如此缤纷，这里引两首诗，可约略想见之。清初孙在丰竹枝词云：

> 腊后春前春未回，燕京腊月少花开。
> 明朝十五慈云寺，买得盆梅屋里栽。

查慎行诗云：

卖花声里过斜街，不记招寻月几回。

只有绣衣真爱客，印泥封酒必同开。

嘉庆时方朔《花市诗》云：

自出冰窖来，怅怅如无之。

人言土地庙，花市又当期。

前两诗在《红楼梦》前，后诗在《红楼梦》后，慈云寺、斜街、土地庙均在一起，《红楼梦》时代庙会买花的情况，可见一斑了。

凤姐放账

　　《红楼梦》中写凤姐放高利贷，是暗写，是侧面写，常常是从对话中用几句话轻轻地点出来，一带而过，但分量却不轻，关系十分重要。这事始见于第十一回和第十六回，在十六回中写正遇贾琏回来在房中与凤姐说话时，旺儿媳妇来送私房利钱，被平儿拦住，事后对凤姐说：

　　　　那项利银早不送来……知道奶奶有了体己，他还不大着胆子花吗？

　　说明这利钱是凤姐私房，是体己银子放账所得利钱，是通过旺儿媳妇经手的，是平儿管理的，是瞒着贾琏的，当然更瞒着其他有关人了。

再见于第三十九回，出园途中，袭人让平儿到屋里坐，并问这个月的月钱为什么连老太太、太太屋里还没放，平儿悄声告诉袭人："这个月的月钱，我们奶奶早已支了，放给人使呢。等别处利钱收了来，凑齐了才放呢。"又告诉袭人道：

> 他这几年，只拿这一项银子翻出有几百来了。他的公费月例又使不着，十两八两零碎攒了，又放出去，单他这体己利钱，一年不到，上千的银子呢。

又见于本回书后文，平儿对二门上该班的小厮道：

> 你这一去，带个信儿给旺儿，就说奶奶的话，问他那剩的利钱，明日要还不交来，奶奶不要了，索性送他使罢。

这里面进一步写清凤姐放账的资本，一是利用月初向账房支领大观园众人的月钱，到月底再凑别的钱来发月钱；这样每月翻滚，就等于常年这笔月钱都在为凤姐赚利钱，因此只这一笔就翻出几百两利钱。二是自己每月的月钱十两、八两攒起来，越攒越多。三是什么？平儿未说。此处平儿对袭人所说的话还是有保留的。即其他非法的资本，如馒头庵所得三千两就未说。

也写清凤姐每年的体己利钱收入，"一年不到，上千的银子"，如果一年到了呢？最少该有一千五或者两千吧。这当然还是平儿有保留的说法，实际上仍是要超过此数的。

更写清了外面替她放账的经手人和经手人的手段。经手人旺儿也是拖拉日期，暗示也是靠这个办法来捞好处。

当时社会上面的各种债务，从地区上分，一种是北京，一种是外地，在外地还分城市和农村。这中间北京利钱最重，谓之"京债"。梁玉绳《清白士集》中曾说过："俗间以放债为业者，京债最重，人每为所累。"而在北京的债务关系中，也不一定完全相同，一是各种商店以及银钱行业炉房、票号间的正常债务；二是私人亲朋间的友谊债务；三是前面引文中所说的"以放债为业者"的债务。这三者中，利率并不一样。第一种是正常的较低的利率，第二种更是无息或者低息的，如第二十四回中所写倪二借给贾芸钱，说明"我们好街坊，这银子是不要利钱的"。但第三种"以放债为业者"的债务则是重利的，倪二就是专门干这个的。他对贾芸虽然说是"好街坊"，不要利钱，但对别人则不然。《红楼梦》原文说得清楚："这倪二是个泼皮，专放重利债，在赌博场吃饭，专爱喝酒打架。"这就说明"放重利债"是他的职业，赌博场是他的业务场所，喝酒打架是他这行职业的看家本领。没有这点"本领"，在当时的都城中就不能以放债为业，放出去也讨不回来。

　　凤姐放账，不是第一、第二种，而是第三种，即

"以放债为业"式的放账。放这种账，她不可能自己出面，必须有人替她办理，替她办这种事的人，必须像倪二那样的，也就是泼皮式的人物才行。这种人就是要有本事找得到借高利贷的人，到时又要有本事把放

（清）改琦绘王熙凤

出去的账收回来。找得到借高利贷的人也不是件容易事，都城中不比乡下的贫苦农民多，而既因生活所迫要借高利贷，又因土地关系牵连着，不怕借债人逃走，漂了账。都城大官、富商都是大笔债务来往，不会借小额高利贷，而真正贫苦、不遭遇特殊意外的人，也尽可能不沾染这些放高利贷的泼皮。因而他们要找那些最理想的借债人是不怕任何大利钱，恨不得油锅里的钱都想捞来用，而又在压力之下能够有办法还钱的

人。如家里管得很严的吃喝嫖赌无所不为的浪荡子弟；薄有家产，突然吃了官司、锒铛入狱，急于打点花销而又缺少现钱的人家；外地晋京的土财主，被作好圈兜迷恋于嫖、赌的嫖客、赌客，类似这一些人，既敢图一时痛快，借各种阎王账，又不怕他还不起钱。但是这种"秧子"，不是到处都有的，最多的地方，就是赌场等下级社会。一边摆赌台开赌，一边给赌输了、已经红了眼、急于借钱翻本的赌客放账。讨账的时候，该动软的动软的，该动硬的动硬的，可以逼债客卖房、卖地、卖妻、卖儿，甚至偷抢来还账。所以能够办这个的人，一是倪二般的地痞、泼皮，二是旺儿般的豪门恶奴。在社会势力上，旺儿这类的豪门恶奴，又比倪二这类的地痞、泼皮厉害得多。所以凤姐利用旺儿做她的爪牙，在外面放高利贷。在《红楼梦》的文字描绘中虽只寥寥数语，而在实际生活中，却不知有多少奸诈、阴险的骗局。像第十二回中贾蓉、贾蔷逼贾瑞写借据，第二十五回中马道婆骗赵姨娘写借据，类似这种骗局借约，在旺儿手下也是不会少的。

高利盘剥

凤姐当时所放高利贷、阎王账等，在清代文字上叫作"高利盘剥"。要分析是否是高利盘剥，要从两个方面看：一是从利率高低看，二是从物价涨落看。如果像晚近世界上因战争引起的通货膨胀，物价飞涨，在这种情况下，假如不以实物折合，仅按货币计算，则往往是利率追不上物价。反之，如果物价涨落不大，则只从利率上就可明确是否是高利盘剥了。《红楼梦》时代的物价基本上是稳定的。据《李煦奏折》所载，在康熙几十年中，苏州一带米价每石均九钱到一两纹银之间，北京靠南方漕米，粮价自比苏州贵些，但这是地区差价，就一地来说，波动不大。清代物价的波动上涨，是到清末才日趋剧烈的。据光绪时高枏《高枏日记》所记：庚子年米价平价为每石七两二，而往前数十二年己丑，即光绪十五年，白米每石只三两二钱，庚寅即光绪十六年大雨之后，每石也不过三两六钱，至甲午冬，即光绪二十年，因战争关系，米价直线上涨，先涨至四两二，以后逐步涨至五两八。这都是以白银计算，所以这种涨是真涨。但在《红楼梦》时代的几十年中，则未有像后来这样大涨过。

物价稳定，贷款利银，纯属赢利。如借一百两，借款时可买一百石白米，以低利率计算，算年利一分五吧，则一年之后，本利便为一百一十五两，可买米一百一十五石了。这样从货币来算，从实物来算，都是百分之十五的纯利润，已经很可观。几年之后，便可本利对翻了。清代官定利率，以当铺利率最高，北京一般为三分，外地农村中是二分五或二分。

这是正式当铺的利钱，如果是"小押当"，利率还要高。至于京债的利率，高低相差就更悬殊了。银号、钱庄银钱来往，正常利率不过一分五厘。而以"放债为业的"高利贷者的利率一般就高得怕人。邓之诚《骨董琐记》引《平圃遗稿》谈到康熙初年京债的利率道：

> 康熙壬寅（按，即康熙元年），予奉使出都……及癸卯（康熙二年）还朝……以六品官月俸计之，月米一石、银五两。两长班工食四两、马夫一两，石米之值，不足饷马房金，最简陋月需数金。诸费咸取称贷。席费之外，又有生日节礼庆贺及公祖、父母（按，此"父母"乃祖籍地方官，即父母官，非父亲母亲也）交知出都诸公分。如一月贷五十金，最廉五分起息，越一年即成八十金矣。贷时尚有折数、有轻秤低色，一岁而计，每岁应积债二千金矣。

当时京官靠借债过日子，这种情况较为特殊，要详细解说，才能清楚，这里先不谈。这里只先看看康熙时的京债利率，最低是月五分，本钱五十两，五五二五，每月收二两五钱的利钱。一年之后，本钱再加十二个月的利钱，便成八十两了，在当时物价稳定时期，这样高的利率，完全是重利盘剥了。关于这点，清代律例中后来有所禁止，但有明有暗，高利贷仍在暗中变相进行。乾隆时得硕亭《草珠一串》中有一首竹枝词并加注解道：

利过三分怕犯科，巧将契券写多多（近日山西与本地回民放债，率皆八分加一，又恐犯法，惟于立券时逼借钱人于券上虚写若干，如借十串写百串之类，旗人尤受其害）。可怜剥到无锥地，忍气吞声可奈何。

这是乾隆时的情况，利率已是"八分加一"，就是借一百两，每月要付八两一钱银子的利钱，如此一年之后，一百两本银的利钱，就要合到九十七两二钱。如再加复利，一年便本利对翻了。这种剥削是十分严重、残酷的。但又怕犯法，所以在写借据时耍花招，逼着借债人虚写本银数额，借钱人急等钱用，便任何苛刻的条件都能接受了。

乾隆通宝

根据这样的利率，凤姐放账时，把大观园众人的月钱月月月初领，月底凑齐其他利钱再一同发放，压一个月来放账赚利钱，只此一笔，翻出几百两来，这是不奇怪的。

大观园中所有众人的月钱，其总数虽无精确数字，但可大略算出。第四十三回《闲取乐偶攒金庆寿》中，每人照一个月的月例凑钱，"共凑了一百五十两有零"，其中王夫人出十六两。而第三十六回中写过王夫人的月例是二十两。因此全部月钱还不只一百五十两。即以一百五十两算，按"最廉五分起息"，每年要得九十两利钱；如按"率皆八分加一"起息，每年要得一百四十五两八钱的利钱。这样三年之后，便是四百三十七两四钱银，如再加复利，利上滚利，那就是平儿说的："他这几年，只拿这一项银子翻出有几百来了。"

以上所述，大略可以明白《红楼梦》中凤姐放账，进行高利盘剥的具体历史情况了。

抄　家

　　《红楼梦》后四十回中，写到了"查抄"，这虽是高鹗的续写，但从《红楼梦》的故事发展看，也自是必然的趋势。曹雪芹早在第七十四回"抄检大观园"时，就作了极明显的暗示，此时大观园已全是凋零衰败气氛，抄家的暗示，不只是"伏线千里"，而是近在咫尺了。曹雪芹借探春的口先明说了荣国府：

　　　　你们别忙，自然你们抄的日子有呢！你们今日早起不是议论甄家，自己盼着好好的抄家，果然今日真抄了！咱们也渐渐的来了！可知这样大族人家，若从外头杀来，一时是杀不死的，这可是古人说的，"百足之虫，死而不僵"，必须先从家里自杀自灭起来，才能一败涂地呢！

又用尤氏过来欲到王夫人处，被跟从的老嬷嬷拦住，说是甄家来了人，"慌慌张张的，想必有什么瞒人的事"等等来暗示了与甄家的勾搭，也暗示宁国府的被抄。"甄士隐""贾雨村"，所谓"假作真时真亦假，无为有处有还无"，甄家就是贾家，贾家又是甄家，甄家既然被抄，贾家必然也被抄，而且很快要被抄。在《续阅微草堂笔记》《臒猿笔记》中所说的"旧时真本《红楼梦》"，以及传说的端方秘本《红楼梦》，三六桥所藏、后来流传到日本的"旧本《红楼梦》"等等，据云都写到"荣、宁籍没"的事，而现在的人，又都得之传闻，并不知哪个本子中写"荣、宁籍没"的详情，现

▼（清）改琦绘探春

在所知，就只有这高鹗所写的情况了。至于曹雪芹如何写呢？俞平伯老师在《八十回后的红楼梦》一文中（见《红楼梦研究》一书）曾作过详细的分析，根据探春的话推论道：

> 她上面说"抄家"，下面接着说"自杀自灭"，上面说"先从"，下面说"才能"；可见贾氏底衰败，原因系复合的，不是单纯的。我以为应如下列这表，方才妥善符合原意。

$$
\left.
\begin{array}{l}
\text{A 急剧的}
\left\{
\begin{array}{ll}
\text{甲} & \text{抄家……（外祸）} \\
\text{乙} & \text{自残……（内乱）}
\end{array}
\right\}\cdots\cdots \\[2em]
\text{B 渐近的——丙 \quad 枯干}
\left\{
\begin{array}{l}
\text{a 排场过大} \\
\text{b 子弟浪费} \\
\text{c 为皇室耗费}
\end{array}
\right\}\cdots\cdots
\end{array}
\right\}
\begin{array}{l}
\text{贾}\\\text{氏}\\\text{衰}\\\text{败}
\end{array}
$$

> 从上表看，像高氏所补的四十回，实在太简单了。

平伯老师在文中分析得是很细致的，既有外因，也有内因；既有急剧的，也有渐近的。尤其对于高氏所补，认为"太简单"，这点我是非常有同感的。我感到后四十回如让曹雪芹自己写，根据七十四回的伏线暗示，抄家的急剧变化，在后面回目中会很快出现，不会像高鹗那样，一直拖至一百五回，由八十回算起，拖后二十五六回之多。为什么这样说呢？因为第一"抄家"是突然而来的，一般事先不会有消息，因而这种突然的急剧变化，可以随时安排在情节中，不一定要等其他故事的如何演变；第二要留出充分的篇幅来，以写贾家"衰"后的情况，可以有充裕的文字细细描写大观园人物的种种潦倒结局、悲惨遭遇。再有外因与内因的关系，该如何处理。平伯老师在"急剧的"下面，列了两点，一是"外祸抄家"，二是"内乱自残"，照探春的那段话来分析，的确是这样的。但这二者的关系如何呢？是"抄家"归抄家，"内乱"归内乱，二者各不相关呢？还是二者有密切的关系，或因自残而导致抄家，或因抄家而导致自残？我们仍根据探春的话分析，这二者是有密切关系的；而且是因自残而导致抄家的。这从探春所说——"自己盼着好好的抄家""咱们也渐渐的来了""先从家里自杀自灭起来"等句，可以清楚地看出，贾府不久将因自残而导致抄家，这样的趋势，作者几乎是明确地告诉读者了。

不过下面又有问题产生了：因内残而导致抄家，即使肯定，那又如何"内残"呢？"内残"如何去导致抄家呢？内残导致抄家，说句文话，就是"祸起萧墙"。平伯老师分析是："贾环母子时时想去计算宝玉"，这是很清楚的。但"计算"应不一定是去招来"抄家"。"内残"可以背后使坏，用魔法使宝玉生病，推倒灯盏烫坏他，在贾政面前说宝玉的坏话，使之挨打，等等；说得再严重些，还可以用各种阴谋，如下毒、刺杀等来害死宝玉，但不能包括"抄家"，因为他们还没有分家，如果一抄，那宝玉固然穷了或犯了罪，而贾环也就得不到家产了，所以笼统地说"内残"，贾环害得贾家抄家，是讲不通的。况且"抄家"一事，是要犯了很重的罪，即使是实质上未犯罪，但却冤枉地担了很重的罪名，这样才会突然被"抄家"。而且查抄的同时，往往要把被查抄的本人和家属统统先捉到衙门中去。同时这查抄和全家锒铛入狱，虽然来得极为突然，但其原因却是实在的、复杂的，而且是有具体的严重罪名的。在清代造成这样严重后果的，一般都是所谓"叛逆案"。普通民间的、即使很严重的人命案，大体也都造不成这样"查抄"的后果。清代抄家的大约有以下几种类型：

一是真正造反叛逆，以及与之有牵连的人家，如吴三桂及其牵连者。

二是严重贪赃枉法的大官，事迹败露者，或是谈不到什么败露不败露，而是皇上有意要收拾他的，如年羹尧、和珅等，以及他们的亲属和受牵连者。

三是政治变动，消灭异己，雍正做皇上后，疯狂杀害那些帮过他弟兄们的大臣，西太后那拉氏杀肃顺等人。

四是科场案，主考舞弊，引起风波，兴起大狱，这在清代是非常多的。

五是各种文字狱，如著名的庄廷鑨"史稿"之狱、戴名世《南山集》之狱、胡中藻诗钞之狱、尹嘉铨狱、沈归愚诗狱、徐述夔诗狱、韦玉振文字之狱、方国泰藏匿五世祖诗集狱等等，这些大狱，有的最初是一个坏人拿着把柄几次告发，如庄廷鑨"史稿"狱，就是罢官归安知县吴之荣告发的；如徐述夔诗狱，就是被东台县令上报的；韦玉振文字之狱，是被他叔叔韦昭告发的。

六是窝藏江洋大盗、隐匿叛逆物品或隐藏前朝的后人、使用僭越服饰用品等等罪名，被突然查抄获罪。

大体上是这六种类型，而更重要的一个问题，是许多大案子，都要有一根导火线，小小的一根导火线能使原来没有什么的安静状态，突然掀起轩然大波，弄得多少人家破人亡。这小小的导火线是什么呢？就是一两个极为阴险毒辣的坏人，抓住一点"把柄"，捏造大逆重罪，或敲诈钱财，或图报旧仇，或狂泄私怨，置其所陷害者全家于死地，甚至引起广泛的牵连。如庄廷鑨狱，一案就死了七十多人，而且这些人的家属妇女都被发往边疆为奴。这些案子，正是《红楼梦》时代的前后，作者虽然十分谨慎，"甄士隐"去，尽力避免，但在写作时，决不能不想到这些，而正是时刻地记着这些，只是考虑如何去写。我想曹雪芹如果接着写下去，关于贾家之被抄，有三点必然可以估计到：

一、曹雪芹会很快地写到这个突变。

二、会明显地写出一两个极阴险的告发的家伙，这个人是贾家的亲族，也可能是旁姓，但必然是知道底细的，拿到什么可以构成严重罪行的把柄，可以置贾家全家于死地，但自己又可脱身得赏的。

三、钦命查抄，是有明显的、虽不一定真实的严重罪名，可以一边查抄，一边交刑部严加议处的。

根据这三点假设，根据前八十回的艺术技巧，可以想象曹雪芹如果继续写下去，会把这一转变写得极为细致、真实，有条不紊，事情虽然突然，但情节不会模糊，具体罪名会交代得更清楚。根据前面所说的六条，贾家有可能被告发哪些条呢？似乎前四条都难扯得上。根据《红楼梦》前八十回的故事，贾家当时虽是豪门贵戚，却不是什么当时炙手可热的权臣，只不过是靠祖荫，靠皇亲，靠产业，靠当权的亲戚等来撑虚架子的一群纨绔子弟而已。以贾政来说，论官职只是个员外郎，不过是从五品，所以是没有办法同清初那些被置于重典的大臣，如鳌拜、噶礼、年羹尧等人比的。贾家被人告发，获罪的最大可能是第五条，或者有什么僭越的服饰用品，够上大逆罪的；或者家中的某人是什么重要钦犯的后人，够上藏匿叛逆罪的；或者藏有什么禁书，藏有什么已判处的重大犯人的遗物，可以拉得上同谋的……如果以上这些情况，平时不大注意，而被知情的阴险之徒拿着把柄一告，便立刻招来抄家入狱，甚至多少人被杀头，多少人被充军的横祸。这样贾府便一下子会像冰山一样倒下来，贾宝玉纵然不入狱，也会一下子变成赤贫，由怡红公子一夜之间变成流落街头的乞丐，在当时并不是不可能。根据探春的话，如果照着那些话的暗示，让曹雪芹自己写下去，是完全可以写成前面假设的那种结果的。但是在高鹗的笔下，正如俞平伯先生所说："实在太简单了"，而且不但简单，在"抄家"情节上，交代的罪名也十分含糊，查抄贾赦家产的旨意只是：

贾赦交通外官，依势凌弱，辜负朕恩，有忝祖
德，着革去世职。钦此。

"上谕"最后只是"着革去世职"，连一个"交部
严加议处"也没有。最后"交通外官"一条，还因参
奏御史不能指实，无法成立。罪名不但轻，而且都是
似是而非的。因为像当时这样的豪门，单纯像因买扇
子逼死一个石呆子这样的人命案情，如果不是皇上有
意找他麻烦的话，那是毫无问题的。只有碰到皇权本
身的什么叛逆、僭越、大不敬、大逆知情隐讳、悖逆
诋讪怨望等罪名，才是最严重的，要抄家，要入狱，
要杀头，家人甚至亲戚朋友都要受到审理。而高鹗写
的抄家，却与贾赦的罪名似乎套不上。使人感到高鹗
所写，似乎是为写抄家而写抄家了。高鹗为什么会这
样呢？他有两点致命伤：

第一太照顾前文，而不能发展情节。他写贾珍、
贾赦的罪，只是前八十回有的，他没有给他们添新罪，
或揭出人家不知道的罪。是他想不下去呢？还是他不

愿意呢？我想是他不愿意，所以才"泥腿"呀、"御史参奏"呀，写得十分虚。

第二是他有意保护贾政、宝玉这些人。既不能写他们犯罪，又不能让贾珍、贾赦的罪再大。如果贾珍、贾赦的罪再大，那贾政、宝玉便也要跟着入狱的。当时这是没有什么客气的。这里不妨举一个例子：如雍正初"查嗣庭试题案"。

查嗣庭，字横浦，官至内阁学士兼礼部侍郎。到江西做主考时，试题以"君子不以言举人"二句"山径云蹊间"一节命题，其时方行保举，谓其讽刺时事，因而被告发获罪，又查他笔记诗抄，认为语多悖逆，罗织成为重罪，下狱病死。他是著名诗人查慎行的弟弟，他一犯罪，全家都入狱。查慎行在《诣狱集》诗注中说：

> 率子侄辈少长九人同赴诏狱。
>
> 槛车上施栏槛，囚禁罪人。
>
> 念儿岁前到京，首先报狱，故名十雏。

这就是弟弟犯了重罪,哥哥、子侄等都要入狱的实例。如果高鹗把贾珍、贾赦等人的罪名写重,势必也要使贾政、宝玉等人入狱,这就达不到他保护的目的了。所以他写了这么一场似是而非的抄家,使人们感到,像贾珍、贾赦这些家伙,一旦获罪,恶行暴露,难道只能这样一点点罪行吗?不过高鹗在写抄家时,还有他成功的地方,那就是抄家时突然而又紧张的气氛,和那时来查抄的衙役们的兴高采烈的神情。正好同被抄者六神无主、惊慌失措的恐惧神态成一个鲜明的对照。如高鹗在第一百五回写道:

> 赵堂官即叫他的家人传齐司员,带同番役,分头按房,查抄登账,这一言不打紧,唬得贾政上下人等面面相看;喜得番役家人摩拳擦掌,就要往各处动手……
>
> 其余虽未尽入官的,早被查抄的人尽行抢去,所存者只有家伙物件。
>
> 正说到高兴,只听见邢夫人那边的人一直声的嚷进来说:"老太太、太太!不……不好了!多多

少少的穿靴戴帽的强……强盗来了！翻箱倒笼的来拿东西！"贾母等听着发呆。又见平儿披头散发，拉着巧姐哭哭啼啼的来说："不好了！我正和姐儿吃饭，只见来旺被人拴着进来说：'姑娘快快传进去请太太们回避，外头王爷就进来抄家了！'我听了几乎唬死！正要进房拿要紧东西，被一伙人浑推浑赶出来了……"邢王二夫人听得，俱魂飞天外，不知怎么才好；独见凤姐先前圆睁两眼听着，后来一仰身便栽倒地下；贾母没有听完，便吓得涕泪交流，连话也说不出来……

谁说高兰墅的文采比不上曹雪芹，像上面这些文字，其传神处，二人不是在伯仲之间吗？难得的是，在当时文字狱余焰犹炽之际，高兰墅敢于这样淋漓尽致地描写抄家时的场景，写赵堂官及番役等幸灾乐祸，"撩衣奋臂"，急于动手，好捞外快、发横财的神态，真是历历如绘，十分不容易。当然，他毕竟是有顾忌的，先用"好了！幸亏五爷救了我们了"，一句话打个圆场，接着又写"复世职政老沐天恩"，用写皇上恩典，来抵销前面所写的抄家文字的忌讳，这样既不会惹出乱子，也达到了他内心中有意保护贾政、宝玉这些人的想法。因之他理解曹雪芹的原意，必须要写"抄家"一回；他也有这样的生活，有这样的才华，能够把"抄家"这回书写好，但是他又有顾忌：一是怕文字干触时忌；二是不忍心让贾政、宝玉这些人入狱沉沦。因而他在这种矛盾中，写成了这个样子。下面引用一段真实的"抄家"记事，用来和高鹗的描绘作个对照，以见历史的真实背景。

在康熙初，清代最大的文字狱之一，南浔"庄廷鑨史稿案"中，有一个受牵连的仁和（杭州）陆圻，字丽京，据全祖望《鲒埼亭外集》所收《江浙两大狱记》云："惟海宁查从仁、仁和陆圻，当狱初起，先首告，谓廷鑨慕其名，列之参校中，得脱罪。"这一案，共死了七十多人，妇女并给边，而陆则因先"首告"，虽然打了一场出生入死的官司，最后居然未死，出狱后出家做和尚了。《清朝野史大观·清朝史料》收有其女儿陆莘行《老父云游始末》一文，所述甚详。在记叙其

父被逮解京后，衙门中人又来他家抄家捉女眷，文云：

癸卯（即康熙二年、一六六三）正月十六日，得父初六至维扬信。十八日，母梦曾祖妣沈太孺人举箸呜咽。十九日，系沈忌辰，年例祀后方始收新年所悬神像……忽一吏持柬云："纪爷至矣。"母思吾夫之出，纪所知也，至何为者？少顷，见百余人随一官到，伯兄出见，母于屏中窥之，非纪也。正疑虑间，二婶母急告母曰："京中事发，官来籍没矣。"语未竟，数十人排闼而进曰："女眷请出来，听总捕毛爷一点，无大害也。"母将余托于二婶，冒称拒兄之女，名文姑，杂于诸侄女中。文者，拒兄小字也。仓猝中即以此名应之。故册上有侄孙女文姑年方七岁之语。近邻许周父，平日待之甚厚，此际手持糨一盂，于门上遍贴封条，且曰："某某，系某人子，不可疏放；某某，系某人仆，急宜追絷。"官喜其勤，即取吾家米三石、布二匹与之。令为向导，同捕役进京，逮三叔父，与叔遇于纱帽胡同，为褚礼所见，叔避之，不获。

许竟无功。后事解，此奴惶愧欲死……是晚，五房（陆圻弟兄五人）上下计三十口（封建时，衙门计人数，男人叫若干"名"，女人叫若干"口"），俱押至总捕班房……二十一日，男子发按察司监……女子发羁候所……查（查从佐）、陆、范（范文白）三姓，共计一百七十六人，二十五日，俱至贡院点名。是日人犯不齐，仍令归所。二十六日，清晨始点。

此案距高鹗给《红楼梦》续后四十回时，要早一百二十来年，把陆莘行的文字和高鹗的文字对照看，不是十分相像吗？一个是真事的记录，一个是小说的艺术描绘，二者之间，都留下了历史的影子，对照来看，不难得到更深刻的理解吧。

黛玉进京

黛玉进京，是《红楼梦》第三回的故事。起身的地点是维扬，去的地方是京都。先是林如海说：

> 都中家岳母念及小女无人依傍，前已遣了男女船只来接……

接着写黛玉登程道：

> 黛玉听了，方洒泪拜别，随了奶娘及荣府中几个老妇登舟而去。雨村另有船只，带了两个小童，依附黛玉而行。

三是写黛玉到京道：

> 且说黛玉自那日弃舟登岸时，便有荣府打发轿子并拉行李车辆伺候……自上了轿，进了城……

从这些叙述中，可以明确地看到，黛玉进京是坐船来的，只是写得十分简略，好多细节都一笔带过。比方坐什么样的船，走什么河流，沿途的地方、名胜，在什么地方"弃舟登岸"等等，都没有加以详细的描写，现在的读者，对于黛玉当年如何坐船来京，似乎是很难想象的了。在这里我试着把黛玉的行程，作一个较具体的介绍，想来也不是没有意义和趣味的事吧。

李商隐诗云："玉玺不缘归日角，锦帆应是到天涯。"隋炀帝为了到扬州看琼花，修了一条大运河。杨广头脑发热，自己胡作非为地断送了千万人的性命，也在迷楼断送了自己的性命，很快都灰飞烟灭了。但是这条大运河却留了下来，成为古老的南北水运的大动脉。尤其在明、清两代五百年中，它的确起了极为重要的作用。我们的林妹妹就是坐船沿大运河到京都去的。

先要把这条河里航行的船说说。当年航行的船，都是木船，大体可分三大类：一是专门运送漕粮的运粮船，这种船很大，可以出入长江，把江南的米运到北京去。这米都是国家征收的，每年运到北京多的时候要四百多万石。这种船按各省、各府编成"帮"，总数有数千条。林则徐在江苏巡抚任上，有督运漕粮之责，道光十四年（一八三四）十二月十七日《日记》记云：

> 晨起西北风，后转东北。早潮进船一百零一只，夜潮进船三十六只，连前共二千零四十八只。浙船已扫数过竣。苏省惟剩庐州二帮及镇江前后（原文少一"帮"字），共一百五十二船。

只引这样一条日记，就可以看出当年运粮河上之运输，是多么繁忙了。运粮漕船是公家的，主要是运粮。但它也捎带一些零星货物及客人，尤其是把粮运到北京回空时，更要带些北方的货物及客商。但搭运粮船行路，有两点不好。一是这等于是私货、私人，就好像抗战时期长途公家汽车带"黄鱼"一样，说来是犯法的。二是运粮船上没有舒适的坐处、睡处，路上很辛苦，这只是单身客商，为了省钱才搭运粮船，黛玉自然不能坐这种船。

二是官船，这种船是专门坐人的大木船，一是属于某些大官僚家中自己的，如查抄严嵩的《天水冰山录》中有"座船一只，估银五十二两"。这好比现在外国财阀自用游艇一样，是预备自己坐的。另外船行、船户打造的大官船，专门包给官僚仕宦家水路旅行乘坐的，也叫"官船"。这种船是通水域的地方都有，仍引一条《林则徐日记》中的具体资料，以见一斑。道光二十一年（一八四一）八月十三日记：

　　早晨发行李，午刻出永清门，至天字马头登舟……余坐河头船一只。船户林亚四，船长四丈六尺，中舱宽一丈一尺，马门三处，至南雄价六十元，舵工水手共十四人；另雇小河头船一只，船户周实有，船旧而小，舵水八人，至南雄价三十二元，装轿二乘，并伙食。

这是广东的船，运河的船相对要小些。但是一般官船，首尾三丈是有的，分前舱、中舱、后舱，有床、有桌椅，路上自起伙食，讲究的自然收拾得也十分干净。那时黛玉去京，自然也坐的是这种船。照林如海的口气，"前已遣了男女船只来接"看来，自然这船是贾府自用的了。按荣国府的气派，当时也应该有自家的坐船。

三是各种小船，这由单舱座船直到各种小船，包括绍兴的那种乌篷船、武昌的"双飞燕"（见刘继庄《广阳杂记》）、扬州的"草上飞"（见李斗《扬州画舫录》）在内，情况太复杂，无法细说了。但贾雨村跟随黛玉而去，"另有船只，带了两个小童"等等，这船自然不大，顶多是一个单舱坐船罢了。

各种类型的船说清楚了，那么这些船只的动力

▼《十二禁御图》中不同类型的船只

呢？那就比较简单，而且也没有什么差别，那就是顺风时，张帆；为了快，在张帆的同时，还要拉纤；逆风时，那就更要拉纤，全靠人力来拖动了。这个连皇帝的御舟也不例外。隋炀帝张锦帆，用锦衣仕女拉锦纤的故事不必多说了。康熙、乾隆几下江南，在运河中的御舟也是这样的。据李斗《扬州画舫录》记载御舟拉纤情况云：

> 拉船帮纤侍卫四员，四副撒袋，令在拉帮纤侍卫后行走。纤手用河兵、沙飞、马溜（快船供支应）。添纤用州县民壮、盐快，不敷，雇民夫。

这是当年御舟拉纤的情况。当然最好是得顺风，又遇水涨，那样张起帆来，便十分快了，所以现在送别时，还说"一路顺风"的祝愿。

黛玉乘船去京都，出发的地方是维扬，就是扬州。那时由扬州坐船到北京，要经过哪些地方呢？不算小地方，只说说比较著名的大地方吧。要经过高邮、宝应、淮安、宿迁、大王庙、台儿庄、韩庄、济宁、阿城、东昌、临清、武城、故城、德州、东光、沧州、青县、静海、杨柳青、天津、丁字沽、桃花渡、河西务、张家湾、大通闸（到京都）。这许多地名，在天津以上，都是比较有名的，现在都是县城，一般都还知道。过了天津，我写了几个小地名，如丁字沽、桃花渡，这些地名都很漂亮，在古老的年月里，都是粮船必经之处。现在，不要说外乡人，即使天津、北京的人，大概也很少知道这些地名了吧。这样的水程，有多少里，要走多少天呢？运河由浙江算起，全长不过一千四百四十公里，从扬州算起，不过一千公里，只是两千里路。不要说现代化的交通工具，就算当年走旱路吧，两千里路，从从容容地有一个月也走到了。但坐运河的船要慢得多。据明末清初谈迁《北游录》所记推算，他是顺治十年（一六五二）秋天由江南去北京，顺治十三年（一六五六）春天由北京回江南，来回都走的是水路。去的时候是七月十一从扬州开船，十月初十到北京，在路上共走了八十九天；回来时，是二月初七动身，五月初六到扬州，在路上共走了八十八天。因而可以想到黛玉当年坐船由扬州到京都，路上的时日也和这差不了多少，肯定不会再快。一是风不一定顺，航行在某一个地方，正遇顶头风；有时即使是很小的地方，一停泊就是几天，必然耽误行程。二是水浅，船无法航行，要等开闸放水。要知运河的水，并不像长江浩浩荡荡，它是借别的河的水引入运河，如山东的汶水，淮北的泗水，河北的白河、卫河等等，有的地区是天然河道，大部分地区是人工河道，河身有高有低，水流有大有小，因之全靠各处闸板调节。用闸板把各段水截住，使上游水位增高，到过船时，开闸放水。开闸放水，水位固然高了，但逆水而上的船只，就要费很大的牵挽力才能航行上去，自然很慢了。三是运河航道本身很狭窄，而粮船是络绎不断，再加其他官船、民船，因而在各个码头地方，船只拥挤，无法航行的情况常常发生。前面的船发生了什么事，后面的船便想走也走不了，所以就更耽误时间了。下面一二则例子，可以看看旧时运河行船的艰难，谈迁《北游录》记过通济闸云：

初，陈瑄虑黄河灌内河易淤塞，设通济、兴福、清江三闸。慎其启闭，三月初运毕，即下钥，筑土坝。惟贡鲜船启一闭二，通济闸最险，势若建瓴，各舟并力而挽。又涯上系轮绞之，得不退堕，过此人人色喜。

《林则徐日记》嘉庆十八年（一八一三）二月二十三日云：

前途粮艘拥挤，本舟缓行。傍晚过朱龙坝，至支河口泊，计行四十里。

二十四日记云："一路水浅，午刻泊舟。"二十五日又记云："北风甚大，仍泊。"试想这样费力牵挽，走走停停，说不定在某一个荒村野店一泊船就是一天两天，这如何能走得快呢？所以林黛玉坐船到京都，肯定也是走得很慢的。不过凡事有一弊，也有一利，船行缓慢，人很心焦，耽误时间，这是弊的一面；而另外缓缓航行，可以细细地看那沿途的风景，经过小城、小镇可以上岸游览游览。柳永词云："今宵酒醒何处，杨柳岸、晓风残月。"船行缓慢，可以细细地领略旅途况味，留下极美好而深刻的印象。第四十八回写香菱学诗，香菱谈体会时曾说道：

> 还有："渡头余落日，墟里上孤烟。"这"余"字合"上"字，难为他怎么想来！我们那年上京来，那日下午便挽住船，岸上又没有人，只有几棵树，远远的几家人家作晚饭，那个烟竟是青碧连云。谁知我昨儿晚上看了这两句，倒像我又到了那个地方去了。

香菱的这些深刻的体会，都是从坐船的旅况中获得的，如果说是"体验生活"，这也该是一个鲜明的例子吧。黛玉在上京途中，船窗无事，体会一定更多，说不定还有不少诗作，只是曹雪芹没有写出来，我们便不得而知了。这一条水路，经历江苏北部、山东、河北，沿途的湖泊名胜也是很多的。湖泊如白马湖、邵伯湖、张山湖、独山湖、安山湖等等，有名的水泊梁山就是在这条路线上经过的。著名的项王祠、

（清）徐扬《姑苏繁华图》（局部）

韩侯钓台、漂母祠，前人记载，漂母祠最好的联句："世间多少奇男子，终古从无一妇人。"如果在古运河上航行，均可顺路看到。现在要看，则要特别专程访问，可能也早已没有了吧？第五十一回《薛小妹新编怀古诗》中的《淮阴怀古》，就是古运河畔的名胜。所谓"寄言世俗休轻鄙，一饭之恩死也知"，就是韩信和漂母的故事。宝琴自说："从小儿所走的地方的古迹不少。"可见《红楼梦》中坐船走过古运河的大有人在，固不止黛玉一人啊！

黛玉弃舟登岸，上轿进城，到了京城。这弃舟登岸的地方又在哪里呢？古运河向北直通到北京，最早还得从元朝说起。元世祖用郭守敬言，开通惠河，使南来粮船可以直接航行到积水潭。据明初佚名氏《北平考》卷五云：

世祖至元二十八年，都水监郭守敬奉诏兴举水利，因建言疏凿通州至大都河，改引浑水溉田……引神山泉，西折南转，过双塔、榆河、一庙、玉泉诸水至西水门，入都城，南汇为积水潭，东南出文明门，东至通州高丽庄，入白河。总长一百六十四里一百四步……赐名曰"通惠"。丞相以下皆亲操畚锸，为之倡……船既通行，公私两便。先时通州至大都五十里，陆挽官粮，岁若干万，民不胜其悴，至是皆罢之。

元代大都城靠北，文明门在现代的东单一带。在元代运河的粮船，可航行到现在的东单一带，今天的人不能够想象吧？可见古代人也是有巨大的创造力的。历史的记载，也并非完全是大话和谎言。东单一带，现在还有泡子河的地名，那还是当年"通惠河"汊河的旧迹，只是人们不读历史，不知道罢了。

明、清二代，北京城大变样，元代大都完全破坏了，永乐在元大都的旧址上，向南推了二里多，建了新城。通惠河再不能进城，只能到朝阳门外，东便门外了。谈迁《北游录》记"丁字沽"（天津）情况云：

> 时江南民运白粮，聚于丁字沽，民呈户部更剥船八百，至通州粮厅。又剥船百至京师大通桥入仓。

那时粮船直至大通桥、二闸一带，就是现在的东便门外。《天咫偶闻》记"二闸"云：

> 二闸，即庆丰闸也。其水上源城河，下接通州白河，水不甚广而船最多，皆粮艘、剥船也。由京至通，来往相属，行人亦赖之。

因此黛玉下舟登岸上轿的地方，最近可以到东便门外大通桥边。但是人们当时坐船由南方来，一过天津，就巴不得快到都门，而在天津、通县这一带，越是离京近的地方，不但船拥挤，而且河道也极为纤折，船走得就更慢了。因而人们不管进京、出京，走水路一般都不在大通桥上下船，一般在河西务、张家湾、通县这些地方就弃舟登岸，或车或轿，或骑小驴，从陆路进京了，不进朝阳门，习惯进广渠门。出京时也一样。龚定庵《己亥杂诗》所谓"白云出处从无例，独往人间竟独还"，出都时出的就是广渠门，这是走水路的；如陆路，便出彰仪门了。因而想到，黛玉弃舟登岸的地方，估计应是张家湾，或通县，坐轿进城的城门，大多是广渠门，也有可能是朝阳门。不过这是按照历史情况的猜想，并非完全事实，因为那究竟是小说呀！

薛蟠旅行

看《红楼梦》第四十八回《滥情人情误思游艺》，写薛蟠被柳湘莲痛打一顿之后，羞于见人，想和他家当铺揽总张德辉出去做买卖，逛一年，赚钱也罢，不赚钱也罢，且躲躲羞，并且逛逛山水。临行之前，先有一番安排，请张德辉来家吃酒，薛姨妈"自己在后廊下，隔着窗子，千言万语嘱托张德辉照管照管"，张德辉满口应承，饭后告辞时，又回说：

十四日是上好出行日子，大世兄即刻打点行李，雇下骡子，十四日一早就长行了。

下文接写道：

> 薛姨妈和宝钗、香菱并两个年老的嬷嬷，连
> 日打点行装，派下薛蟠之奶公老苍头一名……主
> 仆一共六人，雇了三辆大车，单拉行李使物，又
> 雇了四个长行骡子。薛蟠自骑一匹家内养的铁青
> 大走骡，外备一匹坐马。诸事完毕……至十四日
> 一早，薛姨妈宝钗等直同薛蟠出了仪门，母女两
> 个，四只眼看他去了，方回来。

文字并不多，没有描绘，全是叙述。把旧时代出
远门前的准备过程，一一写来，极为细致完全，毫无疏
漏之处。现在交通发达，不要说飞机瞬息千里，就是火
车、汽车，也不知比过去的行旅要快出多少倍。对于只
习惯于今天交通，而没有老式长途行旅经验的人说来，
对于这段文字的细腻处是很难体会的。而对有过旧式旅
途经验的人说来，那就样样都是极为亲切的了。

古代行旅，十分不易，不要说在前不着村、后不

着店的地方遇到要留下买路钱的强盗，遇上吊睛白额的大虫，遇上山洪暴发等等极端危险的事，就是一般遇上大风雨雪，也都是十分狼狈的。所以人们把出门行路，看得十分慎重。首先要选择一个起身的日子，张德辉说"十四是上好出行日期"，怎么知道的呢？这最简便的办法，便是翻翻《历书》，再不然翻翻"祟书本子"。如第四十二回写巧姐儿生病，刘姥姥让翻祟书本子，彩明来念《玉匣记》道："八月二十五日，病者东南得之……"再不然就找算命的推算，总之是十分迷信的。那时一般是翻《历书》，《历书》上在每月每日下面都注明，如"宜出行""宜沐浴""不宜上梁""不宜出行""宜婚嫁"等等。《历书》在明、清两代都由国家专管天文运算的衙门钦天监编印颁发，每年十月初一颁发第二年的历书。明刘若愚《酌中志》记云："十月初一日，颁历。"近人沈太侔《春明采风志》云："十月颁历，在官皆领，以后书肆出售。"因为是国家颁发的，所以叫《皇历》，又叫"时宪书"。书中在每天下面所注"不宜出行""宜沐浴"等等，自然是迷信的，但也不是编历书的人随便写的，也是用"天干""地支"推算出来的。过去天文历法上，有"黄道""黑道"的说法。《汉书·天文志》云：

> 日有中道，月有九行。中道者黄道，一曰光道。月有九行者，黑道二，出黄道北；赤道二，出黄道南；白道二，出黄道西；青道二，出黄道东。

在历法上推算，哪一天是黄道，哪一天是赤道，哪一天是黑道……其中黄道最好，所谓"黄道吉日"，是宜出行、宜沐浴、宜嫁娶等的"上好日子"了。历法是我国古老的科学，对黄道、黑道不能无知地说成是迷信。但变成什么"不宜出行"以及《玉匣记》和算命先生口里的话，那自然是迷信了。古人行旅不易，出远门选个好日子，以期行旅平安，这种良好的愿望，也还是未便非议的。

起身日期选定，便要准备行李、衣服、盘费、路菜等等。当时行旅，不论步行、坐车、坐轿及骑牲口，都是一步一个脚印，少走一步也到不了目的地。而一

▶（明）周臣《春山游骑图》（局部）

▼（清）李寅《秋山行旅图》（局部）

天最快也不过走近百里，一般只有七八十里，千里之遥，在路上便要走个十天半月的。所谓"未晚先投宿，鸡鸣早看天"，天天要住店。而老式店，不像现在的宾馆，是什么也没有的。除去几间客房外，只有房中的一点简单家具。床上或炕上，没有被褥，要客人自带；店中没有厨房，要客人自备饭菜；路上经过的地方，有时要住小村小镇的旅店，不但店中不准备什么东西，街上也买不到。因而日用之物，如笔砚纸张、碗筷及盥洗用具等都要带在身边。长途行旅，天气变化，阴雨寒暖不定，随时可以加添的衣服也要带全；防止路上伤风感冒，跌碰损伤，一些成药，如什么红灵丹、避瘟散、万应锭、薄荷锭等也要带上，其复杂程度，是现在旅行的人很难想象的。

薛蟠去哪里？在《红楼梦》中并未写明，这是曹雪芹笔法的特征，所谓"甄士隐"也，自然不能写实。但从张德辉"顺路就贩些纸札、香、扇来卖"看来，这去的地方自然是江南苏、杭以及皖南一带。北京往南，当时分作两大路，一路江浙，一路湖广；而离京时，一般则都出彰仪门，到了涿州才分路。《林则徐日记》道光十七年二月初七记云：

> 初七日，乙卯，晴，黎明行，天寒，笔砚俱冻。离涿州二里许，有当路戏台一座，往江南者由戏台前向南行，今往湖广，从戏台旁向西分路。

那时出京去江南走旱路的大路，出京先往正南方向。其站头大约是这样：长辛店、良乡、豆府店、涿州、南皋店，新城、高桥、雄县，郑州、任邱、二十里铺，河间府、臧家桥、富庄驿、景州、刘智庙，入山东界。德州、恩县、腰站，高唐州、新店、茌平县，铜城驿、旧县，东平州、草桥口、汶上县，高吴桥、兖州府、邹县、滕县，临城驿、多义沟，韩庄、柳泉、荆山桥、徐州府，邳州府，宿迁、顺河集，仰化集、重兴集、杨家庄，过黄河，清江浦。走旱路，由北京到江南苏、杭一带，单到清江浦就是十九个大站，要走十九天。每天还有"打尖"的小站，可以吃早饭、中饭休息一下。历史上黄河改过六回道，最后一次决口改道是咸丰六年（一八五六），就是现在的黄河口。而在《红楼梦》时代，黄河是流入安徽、江苏境内，经铜山、宿迁县东流入海。所以薛蟠南来的路线，也必然是到宿迁县再沿黄河大堤走，到杨家庄渡口过黄河，然后到清江浦，然后改走旱路为水路，在清江浦上船，沿南运河就可以到扬州瓜洲渡，入大江到镇江，然后在江南各处走，大多都是水路了。

所谓"鸡声茅店月"，旧时行旅，一上路之后，每天起身是很早的。贪早的人，鸡叫头遍，就起身了，收拾完毕，算完店钱，该装车的装车，该上驮的上驮，该坐轿的上轿，该骑马的上马，络绎出了店门，出了村或城，顶着一天星斗，迎着晓风上路了。有时走上二三十里路，太阳才老高，远远望着村镇的炊烟，到了打早尖的站头了，到了什么三义店、高升店门口，车、轿等也不用进店，就在门口停下，客人进店洗洗脸，喝点水，做点或买些早饭，讲究的拿出自己带的干粮、路菜，一般都是不容易坏的，什么炒大头菜呀、咸鸭蛋呀等等，或是下点挂面、买点馒头等。人吃饱喝足，牲口也喂一喂、饮一饮，然后再上路。根据站头大小，再走上二三十里，到一个地方打尖吃中饭。吃完中饭再上路，一根据站头远近，二根据天长天短，如春夏日长，走的站头又短，一般下午三四点钟就可以到投宿的地方了；如果秋冬天短，走的站头又长，九十里，近百里，往往到掌灯，甚至夜间才能到站。

远路客商，在斜阳中投住旅店，有时真是倦鸟归林，是很有诗意的。骑着牲口或坐着车，吆吆喝喝到了一个镇、一座城关厢了，看着街上都是陌生的人，自己坐的车或牲口在人群中弯弯曲曲、簇簇拥拥过去，到了车把式或自己熟识的店前了，宽阔大车门，挂着大匾"鸿升客栈"，临街墙上都写着几尺见方的大字："百年老店，安寓客商""车马大店，草料俱全"。车辆驮骡，轿子从人吆呼着，銮铃哗啦哗啦地赶进院子中去。店家把各类型的客人让到各种客房中，忙着送洗脸水、茶水，像薛蟠这样的丑公子类型的人，到了店趾高气扬，哼三喝四，跟他的苍头、小厮忙着给他卸铺盖被褥，铺好准备他休息……但是有时路上遇到特殊情况，大雨、大雪，发大水，一时路途阻塞，旅客集中在一个站头上，店都住满了，后来的住不上，那也就够人着急的了。《林则徐日记》道光二年五月十五日记他在临城大水后赶路的情况道：

十五日，戊子，晴，晨起闻前途水落始行，泥淖甚深。郑家庄及官桥一带尚有积水，雇人领路扶车，勉强前进。午刻临城驿饭，各店内车辆俱满，道旁停车且数十辆，有停至三四日未行者……

遇到这样情况，长途劳累，连店也住不上，那就十分狼狈了。

宋人作画，常常喜欢画"秋山行旅图"，在秋山重叠，白云黄叶中，骤马行旅，盘旋于峰回路转处，构成极为优美的画面，使看画的人，觉得走路的人，真像神仙一样。薛蟠在启程之前想道："二则逛逛山水，也是好的。"事实也的确如此，那时长途行旅，有它

▼（宋）郭熙《蜀山行旅图》局部

辛苦的一面，甚至雨里、泥里，赶不上程头，吃不上饭，住不上店，十分艰苦。但天气好，途程不紧，可以潇潇洒洒地走，那乐趣和收获，又是现在的坐火车、飞机不能比的了。它能看到一路上的风景，顺便游览一路上的名胜古迹，可以体验一路上的风俗人情，所谓"读万卷书，行万里路"，这种旧时旅途所能得到的乐趣和益处，又是今天瞬息千里的旅行方式所得不到的了。引用一些俞陛云老先生《入蜀行程记》的片断，以见旧时行旅之乐的一斑吧。这是光绪二十八年（一九〇二）六月，老先生"奉命典蜀试"，由北京去四川的日记：

初五日，晨，经三里铺、六里铺至尚汲村，莲花数十本，凌波媚影，有孤秀自馨之致。地近贾岛墓，午膳于固城，即范阳故里……

初六日道出陇畔……五里食于慈航寺，苔径幽芳，筼帘静碧，一洗缁尘之色……

初七日出保定城，林梢屋角，倒影晴波，案舆图当是五云泉。十里小激店，五里大激店。出都以来，西山一桁，恒在掖右，过易水后，层青叠翠，或错峙若亭阁，或秀发若冠珥，岢峣百态……

从这几则日记中，不是很可以看出，当年一天一个程头的行旅，天气好时，岂不是很有意思的吗？

骑　射

　　《红楼梦》第二十六回中写宝玉病愈之后，出来在园中闲逛，顺着沁芳溪走来，突见山坡上两只小鹿箭也似的跑来，正自纳闷，只见贾兰在后面，拿了一张小弓儿赶来，等等。着墨无多，便把一个半大不小的男小孩的淘气神态刻划出来了。所谓传神阿堵，《红楼梦》文字的功力往往表现在这种地方，接下去两三句对话写得非常活泼。

　　宝玉道："你又淘气了，好好儿的，射他做什么？"

　　贾兰笑道："这会子不念书，闲着做什么？所以演习演习骑射。"

这两句对话不只是在文字上生动活泼，而且是很真实地反映了当时的历史史实，即"骑射"二字在小孩口中随便说出，不是偶然的，而是有其真实历史背景的。那就是在清代，尤其在清代前期，对于骑射是十分重视的。在旗人中，制度规定：亲王、贝勒以下，要年满六十，才免去骑射练习。福格《听雨丛谈》一书中"尚书房"条内记云：

> 皇子年六岁，入学就傅……每日皇子于卯初入学，未正二刻散学，散学后习步射，在圆明园，五日一习马射。寒暑无间。

又记云：

> 每日功课，入学先学蒙古语二句，挽竹板弓数开……散学会晚食，食已，射箭。

从福格的记载中，可以看出皇子在宫中尚且从小学习骑射，何况一般的旗人权贵之家，自然更要练习。

因此在贾兰口中所说的"骑射"，并非泛泛之词，而是实际的情况了。

所谓"骑射"，骑是骑马，射是射箭。骑马在《红楼梦》中写到的地方很多，就以宝玉那样的人说吧，现在看书的人总觉得他是一个文弱的公子，却没有注意到他实际上也是一个很熟练的骑士。在第四十三回中作者对他的骑术作了很生动的描写：先写他"一语不发，跨上马，一弯腰，顺着街就趱下去了"。这个"一弯腰"，正是写他一提嚼子，身子往下一压，胯下一用力，马接受人的指挥，一下子就跑下去了，这表示很协调，很熟练，人和马几乎是同时动作。下接"说着，越发加了两鞭，那马早已转两个弯子，出了城门。培茗越发不得主意，只得紧紧的跟着。一气跑了七八里路出来，人烟渐渐稀少，宝玉方勒住马"。这是写宝玉的马跑得快。后面又用培茗的话写道："二爷好生骑着，这马总没大骑，手提紧着些儿。"又说这匹马几乎是生马。如此上马熟练，奔驰迅速，又是生马，三者加在一起，就更显出宝玉骑术的高超了。这对没有一点骑射训练的人说来是很难办到的，也说明宝玉是有过这种锻炼的。

清代对于旗人骑马一事，是有较严格的明文规定的。《清史稿·舆服志》载：

> 满洲官……贝勒、贝子、公、都统及二品文臣，非年老者不得乘舆，其余文武均乘马。

对于汉官则无此规定，一般都可以坐轿。有时甚至还有特别通融的地方。如《林则徐集·日记》中记他道光十八年放钦差大臣时，十一月十三日见道光，"蒙垂询能骑马否，旋奉恩旨在紫金城内骑马"。十四日记云："寅刻骑马进内……蒙谕云：'你不惯骑马，可坐椅子轿。'"于此一例，亦可见清代在骑马一事上，对满、汉官吏的不同要求。所以《红楼梦》中描写贾宝玉等人都有一些骑马的功夫，这是有其历史依据的。

"骑"之外，再说说"射"。清代所说的练射，不是从娱乐或从锻炼身体的目的出发，而是另有意义。

从国家讲，其目的是为了武备，为了军事训练。从个人讲，其目的或是应付国家的训练；或是为了考取武科功名，下武场，考武举人、武进士。前者多是满人，后者多是汉人。本来"八旗"本身，就是一种军事组织，所以在早期旗人中特别注意骑射训练。皇室本身，也不例外。乾隆做皇子时，就从贝勒允禧学射，从庄亲王允禄学火器。道光做皇子时，跟着乾隆打围，亲手射死过奔跑的鹿，受到乾隆嘉奖，赏花翎、黄马褂。皇室如此重视，自然就更影响到各个满洲大官吏的家庭了。

当时一般射箭、武功训练，都是按照武科的考试要求，由基本功练起的。主要的就是步射、马射、舞刀、掇石等科目。据《清史稿·选举志》载，武场考试项目如下：

> 首场马箭射毡毬，二场步箭射布侯，均发九矢……更定马射树的距三十五步，中三矢为合式，不合式不得试二场。步射距八十步，中二矢

为合式。再试以八力、十力、十二力之弓，八十斤、百斤、百二十斤之刀，二百斤、二百五十斤、三百斤之石。弓开满，刀舞花，掇石去地尺，三项能一、二者为合式，不合式不得试三场。

这是武科考试外场的内容，另有内场，是考写文章。从外场内容看，可以看出主要是以射箭为主。而且第一场就是马射。马射及格，才能参加第二场步射，以后再开硬弓、舞刀、掇石举重等。前引福格《听雨丛谈》所记，也是步射、马射、挽竹板弓等，基本上是一样的。练习射箭，由儿童到成人，随着年龄、力气的不断增加，弓的强度也逐步增加。弓的强度以多少个"力"来计算。前引《选举志》所说"八力、十力"等弓，那是"硬弓"，要拉得满，即拉成圆形才算及格。平时练习场上的弓，是各种强度的都有，都可以"力"计，看练射者的力量来选用。说明练射的程度时，也以能拉开几个力的弓为标志。《红楼梦》第七十五回写贾母问贾珍说，宝玉的箭如何了。

▼（清）郎世宁《乾隆皇帝射猎图》

贾珍回答说："大长进了，不但式样好，而弓也长了一个劲。"

贾母道："这也够了，且别贪力，仔细努伤着。"

对话中"一个劲""贪力"都是指弓说的。"长了一个劲"，就是说增加了一个力，如原来用五个力的弓，现在能开六个力的弓子。"式样好"，是说射箭时的姿势好看，所谓站时"骑马蹲裆式"，射时"左手如托泰山，右手如抱婴儿"，等等，架势十分漂亮。这和现在运动会上西洋式的射箭比赛，在姿势上是有些两样的。

以上所谈，就是《红楼梦》中所写的骑射一事的一些有关历史情况。至于所说到的清代武科考试，虽然也有武举人、武进士之名，但一直不受重视，在地位上不但和文职无法相比，即在武官中，也比以"军功"得官的差着一等。武职官的正途出身，第一是军功，第二才是考试哩。

扇　子

　　《红楼梦》中写到扇子的地方很多，其重要的如第二十七回"滴翠亭杨妃戏彩蝶"，第三十一回"撕扇子作千金一笑"，第四十八回中"石呆子扇子"，这都是有关扇子的大回目、大关节。这里所写到的扇子，都是些什么样的扇子，有关的历史情况如何？为能够更具体地了解这些扇子，特作阐述如后。

　　第二十七回中，写到宝钗拍蝶云：

　　　　遂向袖中取出扇子来，向草地下来扑……

　　第三十一回中写到晴雯跌断扇子云：

▶ （清）费丹旭《宝钗扑蝶》

偏偏晴雯上来换衣服，不防又把扇子失了手，掉在地下，将骨子跌折……

同一回中，写到晴雯撕扇云：

晴雯果然接过来，"嗤"的一声，撕了两半，接着又听"嗤、嗤"几声……

这里所写，一曰"向袖中取出"，二曰"将骨子跌折"，三曰"'嗤'的一声，撕了两半"，四曰"又听'嗤、嗤'几声"，这些特征，说明是什么扇子呢？一句话，是折扇，即有骨子（或称"股子"）的纸糊的折叠扇。合拢来便于放在袖中，骨子的轴很容易跌断，有的骨子如檀香木的、象牙的很容易跌折，但各种竹骨不会"跌折"，扇面都是几层棉料韧性很强的纸糊的，用力一撕，"嗤"的一声。根据这些条件可以看出，只有折扇能够符合这些要求，其他羽毛扇子、纨扇等，都是不可能的。至于第四十八回中写到的"石头呆子"的扇子，什么"全是湘妃、棕竹、麋鹿、玉竹的，皆

▶（清）恽寿平所绘扇面

▶（清）羽扇

是古人写画真迹"等等，则更是不言而喻，全部是折扇了。

我国的扇子，历史很悠久，最早只有羽毛扇、纨扇、蒲葵扇、竹篾扇等。据《晋书》"顾荣攻陈敏，挥以羽扇，其众溃散"，汉魏乐府中的《婕妤怨》，《晋书》"乡中有罢中宿县者，还诣安（谢安），安问其归资，答曰：有蒲葵扇五万"，以及王羲之为老姥题六角竹扇等等资料，均可证明这些种扇子很早就有了。至于折叠扇，相对说来，要晚得多。按，折扇，古名"折叠扇"，又名"聚头扇"，又或称为"聚骨扇"，最早在《南齐书》中就有记载了。《南齐书》中记"褚渊以腰扇障日"。《通鉴》引用时注云："腰扇即折叠扇。"不过在其后很长一段时间，即隋、唐而后，直至五代，都很少人提到，可见其后已失传了。直到宋代，才又有人具体地提到，赵彦卫《云麓漫钞》中有"以蒸竹为骨，夹以绫罗，贵家或以象牙为骨，饰以金银"；《杂林志》中有"高丽叠纸为扇，铜兽压环，加以银饰"，亦有"画人物者"等记载，金章宗还有咏聚头扇的词。

不过在宋时折扇仍未广泛流行起来，前人记载南宋杨妹子所写绢面扇、折痕尚存等等，还是比较个别的。真正广泛使用折扇，是在明代永乐之后，而且是朝鲜流传进来的。这在许多书中都有记载，不必一一征引。在《红楼梦》的时代中，折扇是非常讲究、非常流行的了。其他的扇子，不能说不用，但相对来说，是少得多的。清代曾经在官场中讲究过一个时期羽扇，如名贵的"截白雕""芝麻雕"等金镶、玉扣、牙柄的扇子；也曾讲究过一个时期绢地圆形、苹果形、圆方形等团扇，也是翰苑名流的书画，但这倒都是同、光之际的风气，而在康熙、雍正、乾隆之际，正是最讲究折扇的时候。

上有所好，下必甚焉。封建时代宫廷中的好恶，常常直接影响到贵族、仕宦家庭的。《红楼梦》中有"石呆子"为扇子家破人亡的故事。同时清宫中有《烟云宝笈成扇目录》的编辑张若霭《跋》云：

乾隆八年癸亥夏五月，皇上驻驿圆明园，维

时雨旸应候，二麦丰登，秋稼盈畴，民气和乐，万几之暇，寄情翰墨，偶出内府所藏书画扇三百柄，命臣按其时代之远近而排叙之，入于《烟云宝笈》二函中，元、明以来，诸名家之墨妙脍炙人口者，约备于此。

张氏的跋很长，这里引用开头几句，以见其时代背景。一九三一年，前"故宫博物院"整理这一珍藏时，吴景洲氏又"识"云：

故宫养心殿藏元、明成扇三百柄，发箧启视，震眩心目，原附编目两函，颜曰：《烟云宝笈》。据清张若霭原跋，则清代乾隆八年五月，驻驿圆明园，若霭承旨之作。箧凡十八屈，屈各十六至十七柄不等，柄自有槽，槽各有目，磁青笺，泥金书，与《烟云宝笈》所录目次品名，纸色字体，无不相同，知为同时制也。

张若霭编《烟云宝笈成扇目录》的时代，正是曹雪芹写《红楼梦》的时代。所写的"石呆子"的故事，虽不能说中间有必然的关系，但不能不说是有着明显的社会风尚的影响。清代宫廷中收藏的扇子自然不晓得有多少，但有一些特征则必须注意，即宋人的扇子都是团扇，过去在《故宫周刊》上影印出来的不少，尤其是崇宁以后，花鸟便面，更是一时风尚。明詹景凤《东图玄览》云："政和间每御画扇，则六宫诸第，竞皆临仿，一样或至数百本，其间贵近，往往有求御宝者。"清宫中，道君御笔和宋画院所作的团扇都有，如单从书画艺术及历史文物而论，其价值远较《烟云宝笈》所收为高，因《烟云宝笈》所收，最早不过是元人的作品，即盛之昭、梅高士、王若水三扇，其他均为明人所作。可见不编辑宋扇而只编元、明之后的作品，不编辑团扇而编折扇，正是说明当时宫廷风尚是习惯于用折扇的。《烟云宝笈》藏扇，正是乾隆生前经常取用者。前故宫博物院一九三一年吴景洲氏编订时，注明原缺六柄，可能是当年经常取用时散失。这些正好证明《红楼梦》时代，仕宦之家日常使用是用折扇的。

《红楼梦》三十一回中写宝玉把麝月手中的扇子也夺了过来递给晴雯撕了，麝月争论，宝玉笑道："你打开扇子匣子拣去，什么好东西。"这里也提到了"扇子匣子"。当然这个扇子匣子不见得如《烟云宝笈》所制那样考究，但起码要比旧时南纸店中的扇匣子华美些。过去北京南纸店中的扇匣子，一般都是蓝布裱的，一尺来长，和合盖，上贴红签，内中分槽子，一格一格地放扇子。每一格中可放三四把。宝玉所说的"扇子匣子"，如果华美些，可能是各种"锦"裱的锦匣吧？这就只能推测，无法确切地说了。

《烟云宝笈》所收及故宫所藏折扇，各种规格都有。据近人白文贵所编《蕉窗话扇》一书记载：明代曹子灵所绘《渔乐图》折扇，长八寸七分，扇面高四寸五分。清代宫廷画家意大利人郎世宁所画花鸟扇，则只长六寸七分，这也可以看出曹雪芹所写"宝钗拍蝶"的历史实物背景，所说"遂向袖中取出扇子来"，自然是这种轻巧的小折扇了。

在所写"石呆子"的故事中，说到"全是湘妃、棕竹、麋鹿、玉竹的"，这说的是扇股子；说到"皆是古人写画真迹"，这说的是扇面子。按，做扇股子的材料很多，但除象牙、檀香木、乌木、紫檀、瀓㶉木而外，最多还是竹制的。竹制分两大类，一是天然竹，即一般不经人工雕镂者，这是湘妃竹、棕竹、鹿竹（又称梅鹿竹）、斑竹、玉竹、芝麻竹等等。而其中湘妃、麋鹿等竹，实际皆系斑竹的不同种类，只是花纹、斑点大小不同而已。玉竹则本名"姜蔴"，又名姜菘、姜香、地节，是山中质地坚硬的多年生草本。竹制扇股另一大类为"水磨刻竹"。据张岱《陶庵梦忆》、刘銮《五石瓠》、王应奎《柳南随笔》、王渔洋《池北偶谈》、杨复吉《梦兰琐笔》等书记载：自明宣德而后，以刻竹制扇名家者，如李昭、马勋、马福、濮仲谦、嘉定朱松邦、朱小松、朱三松祖孙，以及秦一姐、沈雨、刘永晖、沈少楼、柳玉台、蒋苏台等名家辈出，代有传人。在《红楼梦》当时，应该是最讲究刻竹扇股的时代，而谈到"石呆子"收藏的扇子时，却只列举"湘妃、棕竹、麋鹿、玉竹"四种。再看《烟云宝笈》所藏名扇，据记载：三把元人折扇，一为棕竹十六股方端，一为乌木十五股圆端，一为棕竹二十股方端，其他名人画扇，一百数十柄都是棕竹股子，其他湘妃竹、麋鹿竹多寡不等，再有象牙、乌木、檀香、漆竹等股子，而细工雕刻者反而极少。这些扇子现在都还在故宫博物院收藏着，如果把《红楼梦》所写的情况，同《烟云宝笈》的实物对照来分析，不是更清楚地看到作者所写的，即是在这些细小的地方，也是有其历史的真实性吗？《烟云宝笈》所收名扇，其书画作者，上起元代盛子昭，下迄清初孙岳颁，晚明名家如文衡山、仇十洲、董香光等人所作极多，单只唐伯虎，即有四十余柄之多。名作如仇十洲《春郊图》、沈石田《竹林书屋图》、唐伯虎《松林讲道图》、边景昭《秋林行旅图》、周东邨《扫叶烹茶图》、吴时《儿戏图》等。从这些名扇均可看出"皆是古人写画真迹"一语的具体内容，虽然不可能完全同，但是我们也可以想象得之了。

"怡红夜宴图"辩

　　我第一次读俞平伯老师的《寿怡红群芳开夜宴图说》一文，那还是该文最初在商务印书馆《文学丛刊》上发表时的事。转瞬之间，已是三十多年过去了，而印象鲜明，思之真如昨日。连那杂志封面上的一支毛笔组成的图案画也历历如在目前，更不要说里面文章在艺术情趣上所给我的滋润了。更可喜的是，在三十来年后的今天，于《红楼梦研究集刊》第四辑中，又读到了周绍良同志《红楼梦枝谭》一文，文中第一则也是《寿怡红群芳开夜宴图说》，这真有空谷足音之感。单是题目，就已引起我三十年前的美好记忆，和三十年后今天的无比兴趣了。自然，我急急忙忙先认真读了一遍。读了之后，又引起我考索的兴趣。我又找来了俞先生的《红楼梦研究》，把俞先生的文章重读了一遍。两个"图"，两种"说"，对照玩味了一番，我很愚顽，创造不出第三种"图"和"说"，只能把我玩味两图、两说时的一点体会说说罢了。

前后两图、两说的大前提都是一致的，都是根据《红楼梦》第六十三回的原文：

> 话说宝玉回到房中，因和袭人商议："晚间吃酒，大家取乐，不可拘泥。如今吃什么好？早说给他们预备办去。"袭人道："你放心，我和晴雯、麝月、秋纹四个人，每人五钱银子，共是二两；芳官、碧痕、春燕、四儿四个人，每人三钱银子，他们告假的不算，共是三两二钱银子，早已交给了柳嫂子，预备四十碟果子。我和平儿说了，已经抬了一坛好绍兴酒，藏在那边了。我们八个人，单替你做生日。"

不过大前提虽然相同，而推论却并不完全一致，或者说完全不一致，这就出现了不同的"图"和不同的"说"了。说是解图的，图是因说而绘制的。为了说清楚我的体会，还先要把两家的图画了出来。

一、俞图：(按《红楼梦研究》中原图照绘)

《红楼梦》第六十三回

寿怡红群芳开夜宴席次图

丙子八月秋荔亭戏拟

丁亥九秋槐屋重订

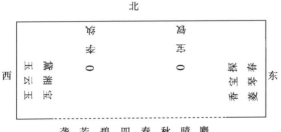

二、周图：(按《红楼梦研究集刊》第四集原图照绘)

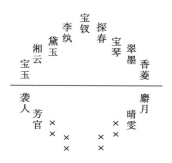

这两个图的不同之处，不是坐位次序有大的不同，而是人数不同，周图较俞图多了一人，多了一个翠墨。她是探春的丫头。最清楚的是第二十九回明文："黛玉的丫头紫鹃、雪雁、鹦哥，宝钗的丫头莺儿、文杏，迎春的丫头司棋、绣橘，探春的丫头侍书、翠墨……"她是探春的小丫头，位在侍书之下，同黛玉的雪雁平行。

俞图的根据是：先定了炕上黛玉的位置，然后明确黛玉下家是湘云，湘云下家是宝玉，已到炕沿边上，黛玉的上首又是李纨，然后又根据行令有如打麻将牌，向右手数下去的惯例，图数包括自己在内。黛玉一掷，十八点，便该湘云掷。而且引图注《金玉缘》本的夹

评:"十八点到湘云,坐次分明。"根据这些,推算出各人的点数和次序,根据这个画出图来。其点数是:

晴雯六点至宝钗,宝钗十六点至探春,探春十九点至李纨,李纨自饮一杯,不掷骰子,顺手递给黛玉,黛玉十八点至湘云,湘云九点至麝月,注明九点疑十点之误,麝月十点至香菱,注明十下疑脱一"八"字,香菱六点至黛玉,黛玉二十点至袭人。这些点数和传递人次都是按原文排列,只是湘云和麝月所掷点数,仍不能吻合,因有两处存疑。而文后又有注云:"麝月掷个十点,原依'程本'。顷捡'脂庚本'及'戚本'俱作麝月掷个十九点。仍与我的悬揣微差,但十九、十八,点数已很接近了。校记'十'下疑脱一'八'字,得脂、戚两本证明,果然有脱文,亦一快也。"

以上是俞图的说明。虽有存疑处,但因各种版本不同,抄写、翻版者于此等处,均以为作者系虚拟,并未加认真推算,因之数字上刻错,未加注意校阅,各本出现差异,这是可以理解的。

下面再看周图的根据。其图中的次序，基本上与俞图同。只是多出翠墨。其分析是，客人"另外还有一个和春燕去接李纨的翠墨，总共应该是八个人"。整个怡红院中是九个人，加上被邀请的八人，合为十七人。又分析掷骰子道：

> 掷骰子是由晴雯起首，我们现在即以她第一位，以便往下推算；她一掷得六点至宝钗，可见由晴雯数至宝钗应该是七个人，晴雯是第一位，而宝钗是第七位。宝钗一掷为十六点，全席共总是十七人，那么一转十六位数到她的上家，书中说明是探春……现在已知怡红院中人都是坐在炕沿下椅子上的，那么第四、第五两位置自然是在炕上，这当然自非宝琴、翠墨莫属。以此推之，第五位为止，接近探春，可能是宝琴所坐；第四位略下，接近香菱，可能是翠墨的。

根据前引"两图""两说"分析，周图较之俞图，只是多了一个翠墨，因为多了一个人，其所掷骰子之

▶（清）佚名《怡红院开夜宴》

（清）佚名《大观园图》（局部）

计算方法，即不把掷骰人自己计算在内，这样在计算上少了一个人，正符合在人数上多了个人。而麝月所掷之"十"点，虽说"显然"，实际仍是因与计算数不吻合，还要加一个"八"字，仍属存疑之处，并非过硬的论证，所以本则结束处所说"如果按十七人排列座次，它是完全无误的"之语，仍是不能成立的。

因而感到，这"两图""两说"之差异，只是两小点。一是怡红院夜宴，该不该有翠墨；二是该不该这样计算骰子点。关于第一点，"周图"作者也感到奇怪，在这则文章结尾处说：

不过这里有一桩不易解的事，就是大观园中的奶奶姑娘们，谁都有一些丫环的，为什么被请来的奶奶姑娘们的贴身丫环之中，单单来了一个翠墨，此外一个也没有出场，偶然耶？还是将别有安排而未写出耶？

周绍良同志最后这一小段怀疑，是十分重要的。如果

"单单来了一个翠墨"，是值得怀疑；如果说"翠墨根本没有来"，那就不值得怀疑了。我认为翠墨是没有来的，更不可能坐在炕上，坐在宝琴的边上吃酒。根据是什么呢？首先是《红楼梦》原文，虽然写了翠墨的名字，但翠墨那时不在怡红院，也没有明文写她来怡红院，更不可能写她坐在炕上吃酒。不妨先细看原文：

> 袭人道："这个玩意虽好，人少了没趣。"春燕笑道："依我说，咱们悄悄的把宝姑娘、云姑娘、林姑娘请了来，玩一会子，到二更天再睡不迟。"袭人道："又开门闿户的闹，倘或遇见巡夜的问……"宝玉道："怕什么！咱们三姑娘也吃酒，再请他一声才好。还有琴姑娘。"众人都道："琴姑娘罢了，他在大奶奶屋里，叨登的大发了！"宝玉道："怕什么？你们就快请去。"春燕、四儿都巴不得一声，二人忙命开门，各带小丫头分头去请。晴雯、麝月、袭人三人又说："他俩人去请，只怕不肯来，须得我们去请，死活拉来了。"于是袭人、晴雯又忙命老婆子打个灯笼，二人又去。果

然宝钗说:"夜深了。"黛玉说:"身上不好。"他二人再三央求:"好了!给我们一点体面,略坐坐再来。"众人听了,都也喜欢。因恐不请李纨,倘或被他知道了,倒不好。便命翠墨同春燕也再三的请李纨和宝琴二人,会齐,先后到了怡红院。袭人又死活拉了香菱来。

因为周绍良同志在文中全引了这段文字,作为根据。得出结论云:

> 这可见被邀的是宝钗、湘云、黛玉、宝琴、探春、李纨、香菱,另外还有一个和春燕去接李纨的翠墨,共总应该是八个人。

为了说明问题,我这里也全引了这段文字。首先同意所说被邀的是宝钗等七人,因为这个原文写得很清楚,但不同意有翠墨,因为原文中没有写明请她,也未写明她去怡红院。这段文字写得是比较简略些,但还清楚,特别要注意"便命翠墨"的"便命"二字,和"会齐"二字。"便命"是谁便命呢？"会齐"，又会齐在哪里呢？因为翠墨是探春的丫头，这"便命"二字，就既不是怡红院的人"命"，也不是在怡红院"命"，是谁命？在哪里命呢？那自然是探春在"命"，是在秋爽斋"命"的了。这就连到下文："会齐，先后到了怡红院。"这"会齐"，自然也是在秋爽斋"会齐"，探春同了李纨、宝琴等人一起跟着春燕及袭人等三人中之一人，来到怡红院了。"便命翠墨"是探春在秋爽斋所命，命她同春燕一同去请李纨、宝琴，请了后到秋爽斋探春处会齐，然后一同去怡红院。翠墨请完人一齐回到秋爽斋，已经完成任务，自然不会再跟到怡红院去。因为那天夜宴一来近似违法，有点秘密性，不能惊动更多的人，请来的人，都是怡红院的丫头们包接包送，所以来客都悄悄地没有带一个丫头。二来丫头多了，那条炕也就无法坐了。现在炕沿下并排坐八个人，已经要有丈数宽了。所以来的人都未带自己的丫头。翠墨根本未到怡红院，又如何能上炕吃酒呢？那么这里为什么提到翠墨呢？要注意这一个时期，大观园中是探春、李纨、宝钗当家。宝玉提出

"三姑娘也吃酒",又说到请宝琴……"春燕、四儿都巴不得一声,二人忙命开门,各带小丫头分头去请"。春燕、四儿先去哪里呢?并未说明,但三姑娘处,肯定是去的。因而文中一出现"命翠墨"三字,这肯定是探春"命"了。探春为什么命翠墨同春燕去呢?因为这足以证明探春已经同意了,而且这也说明不只是怡红院的人请,而且是秋爽斋的人陪同来的。请了之后,还要先到秋爽斋,"会齐"了一同去怡红院,这就多了一层证人,多了一样保证,李纨更可以毫无顾忌地深夜来怡红院夜宴了。要知李纨是寡妇,到宝玉处是寡嫂到小叔子房中吃酒,没有探春这一层充分保证,能够不避嫌疑吗?探春这一时期,是大观园三位临时执政中最有权威的一个,"命翠墨"同去请李纨,正见其处事周密处,"会齐"了再去,也正见其办事圆满处。可见这几句话,连上面"因恐……"三句话,也都是写在探春处发生的事,时间自很短暂,前后文又稍欠清楚些,是以为人所忽略,把明明在秋爽斋中受探春之命,陪春燕到稻香村跑了一趟,又回到秋爽斋的翠墨莫名其妙地搬到怡红院吃酒,自是"不易解"

了。试想探春那样连亲娘都不认的厉害的"姑奶奶"，肯让一个自己房中的二等丫头同自己平起平坐一齐来吃酒吗？而且同林、薛之侪坐在一起，丢人现眼吗？这是完全不可思议的事。这是看书人的误会，作者根本没有这样写。来怡红院夜宴的外客，还只是宝钗、湘云等七个人，加上怡红院中九个人，共十六人，而非十七人。

也许有人问：翠墨是丫头，不能上炕坐席，那香菱为什么能呢？这里要知道香菱的特殊身份。香菱是薛蟠的房里人，是有名分的，其地位同平儿一样，同袭人还不同。第二十九回写去清虚观打醮，女眷们出门，"外带香菱，香菱的丫头臻儿"，这正是处处写出香菱的身份。是决不能同翠墨比的。封建仕宦家中，最讲究这个，写书人不能写乱，如果一乱，那就不成其为《红楼梦》了。

分析清楚怡红夜宴是没有翠墨的，也不可能有翠墨的，然后再说一下掷骰子计算人数的方法。过去掷骰子计算人数，不论打麻将、推牌九、行酒令等等，也不论两粒骰子或四粒骰子（一般不用六粒骰子，六粒骰子是单用骰子作赌具，最大三十六点，如摇摊等），总之掷出点数，往下手推算时，都包括自己在内。甚至数字都形成了口头语：如打麻将或推牌九时，什么"五自手""九自手""三对门""七对门"等，都是包括自己在内，四个人庄家顺右面下手数下去。五点、九点仍是自己先拿，七点、三点是对面一个人，二点、六点是下手，四点、八点是上手。旧时掷骰子习惯上一律如此。从来不曾听说有撇开自己不算点数的。所以怡红夜宴掷骰子行酒令，不论谁掷，往下手数点数时，都要包括自己在内。

翠墨根本没有，怡红夜宴主客双方只有十六人，掷骰子数点数时，包括自己在内，这三点明确之后，那么：两图、两说，也就不难分辨了，不知读者以为然否？

怡红院的炕

因为写《"怡红夜宴图"辩》一篇短文，重新仔细阅读了俞平伯老师的《寿怡红群芳开夜宴图说》一文，文中谈到了怡红院的炕。因为夜宴时，寿星及客人都坐在炕上，袭人等出面请客的八个人都坐在炕沿下，要绘制夜宴图，首先就要想象出炕的方位，炕的大小，等等，所以在"图说"中先写黛玉的位置云：

假定室南向，黛玉应靠西板壁而坐。

又云：

先说炕上布置的情形，客来之先，袭人说："不用高桌，咱们把那张花梨圆炕桌子放在炕上，又宽绰又便宜。"所谓"宽绰"指有余地而言，而炕之大又可知，即为下文"并一张"的张本。

这都是"图说"一文中为了说清怡红夜宴时，各人的座位次序，而提到的"炕"的情况。不过这也只是"假定"。因为在这里也只能假定。《红楼梦》是小说，原非真事，此其必须假定之一也；书中未写明炕的方向、炕的大小，只能根据人数、个别人如黛玉之坐靠板壁等情况，以及所摆炕桌之情况，再结合北方房屋特征，来想个大概，此其必须假定之二也。因而既系假定，就不可能完全真实。如"假定室南向"，那炕又是南向呢？还是北向呢？靠后墙的炕，面对窗户，那炕也是南向的；如靠窗户的炕，则面对后墙，炕又变成北向的了。炕的方向不同，板壁的左、右手正好相反。再有，是没有隔断的房间呢？还是有隔断的房间？书中写明，黛玉靠板壁坐，自然是有隔断的房间了。但这是一堂两屋呢？还是一个里外间呢？还有，这里间是在东头呢？还是在西头呢？这都是问题。按照《图说》一文所画的图，这条炕是坐北朝南，左东右西，如站在地上让客人，东面是上首，西面是下首，那这条炕的具体方位是：北屋东套间，靠后墙的炕。这就是怡红院中摆着花梨圆炕桌夜宴时的炕。这条炕大体有多么大、是个什么样子呢？北方睡惯热炕头的人或能想象一二，没有见过炕的人，就很难想象了。至于都会中的人，现在即使北方都会，大都也是楼居睡床，很少再看见炕了。因而我感到，怡红院中这条炕，也还有进一步解释一下的必要的。

炕是房屋建筑的一部分，要弄清炕的方位和情况，先要把房屋的情况说明白。第二十六回写道：

> 贾芸看时，只见院内略略有几点山石……一溜回廊上吊着各色笼子，笼着仙禽异鸟，上面小小五间抱厦……

这几句先把怡红院的院落、房屋的格局间数告诉我们了。进门之后"回廊"，上面"小小五间抱厦"，六个字已经明确了三个问题：一是开间小，二是间数，三是格局，前面有"厦"，即比一般廊子还深的"卷棚"。明确这些，我们就可知怡红院正室的宽度。按照北京老式房屋的一般开间，一丈不算大，因而这五间抱厦，每间宽一丈，总宽五丈，约十七公尺不到。

这五间是一敞的呢？还是有隔断呢？第十七回写道：

> 引人进入房内，只见其中收拾的与别处不同，竟分不出间隔来，原来四面皆是雕空玲珑木板……及至门前，忽见迎面也进来一个人，与自己的形相一样，却是一架大玻璃镜。转过镜去，一发见门多了。

第二十六回也道：

> 贾芸听见是宝玉的声音，连忙进入房内，抬头

一看，却看不见宝玉在那里……一回头，只见左边立着一架大穿衣镜，从镜后转出两个一对儿十五六岁的丫头来，说："请二爷里头屋里坐。"

从这两段文字我们再分析，首先可以看出，这五间房屋是有隔断的，即有"里屋"，有"外屋"。外屋四面都是玲珑木板，而且满墙都是依古玩的形状挖成的槽子。在这玲珑木板墙壁上，在书架、多宝槅、鼎彝等等五花八门的图案中，还镶嵌着小窗、幽户，以及两面都是穿衣镜的房门。这样的外屋，先可以肯定两点：这不是住人的，也不可能有炕的。再有"请二爷里头屋里坐"，这"里头屋"，是在这五间的西面呢？还是在东面呢？文中有"只见左边立着一架大穿衣镜"，人进北屋后，左面有屋门，那是西套间。但在第六十四回中又有：

进来看时，只见西边炕上麝月、秋纹……

宝玉听说，一面笑，一面走进里间，只是袭人坐在近窗床上，手中拿着一根灰色绦子，正在

▶ 柜架

▶ 博古架

那里打结子呢……

从这两小段话看，显而易见，怡红院的里间是在东面。那里正是宝玉的卧室。如第二十六回写：

> 贾芸连正眼也不敢看，连忙答了，又进了一道碧纱厨，只见小小一张填漆床上，悬着大红销金撒花帐子。宝玉穿着家常衣服……

又如第三十六回写：

> 宝钗便顺着游廊，来至房中，只见外面床上横三竖四，都是丫头们睡觉，转过十锦槅子，来至宝玉的房内，宝玉在床上睡着了。

从这两小段原文，可以看到宝玉卧室的情况，加以后面又有黛玉隔着窗纱看，看见宝玉穿着银红纱衫子，随便睡在床上的描写，不必再多举例，均可看出宝玉睡的是"床"，不是"炕"，床是放在里屋、碧纱厨内窗前的（当然夏天装碧纱厨，冬天就是暖阁，可以参看第五十一回）。根据书中所写，再根据北京房屋隔断，北屋东套间是上首的习惯，怡红院的"里头屋"是在堂屋东面。穿衣镜的屋门应在进门右手，而不在"左手"。为什么写贾芸"只见左边立着一架大穿衣镜"呢？最重要的是"一回头"三字，这一回头不是进屋后"一回头"，这样只看到来时的屋门，不会看到穿衣镜，而是写贾芸"抬头一看，只见金碧辉煌"等等，一直往前走，已经走过右手里屋门，还看不到宝玉，转身"回头"，这时正好相反，所以左手是穿衣镜，人面朝南，左手也正是东面了。因此可以明确，怡红院抱厦五间，里间在东面。里间设有炕。宝玉睡的是床。那么"炕"呢？前面已引第六十四回："进来看时，只见西面炕上……"下文又说："一面走进里间。"再有第七十回所写：

这日清晨方醒，只听得外间屋咭咭呱呱，笑声不断。袭人因笑说："你快出来拉拉罢……"宝玉听了，忙披上灰鼠长袄，出来一瞧……芳官却仰在炕上，穿着撒花紫身儿……

从这些描绘中，又可以看出怡红院的炕的确是在外屋，这样怡红夜宴自然也是在外屋炕上了。

但是问题又产生了，按着第十七回所写，怡红院的房中，一进门四面都雕空玲珑木板，扑朔迷离，辉煌金碧，生人进来连门都找不到，又到哪里去找炕呢？而书中又明明写着炕在外屋西面，难道是作者乱写吗？自然不能这样说，虽说小说不能"当真"，但写得却是"逼真"，这就是艺术的魅力，是要读者认真想象的。这里要进一步把怡红院的炕明确起来，还先要把五间抱厦里、外间的间数弄清楚。根据室中布置，宝玉卧房内有床、有碧纱厨或暖阁、有熏笼等等，第五十一回写晚上睡觉时，宝玉睡在"外边"床上，麝月放下帘幔，"便在暖阁外面"。晴雯自在熏笼上等情况，均可看出，这里屋不可能是一开间，最合格局是两间，约略计之，宽约七公尺，进深为四公尺，即二十八平方公尺。这样中间再有一个落地罩暖阁，夏天装碧纱厨，所以贾芸来时，进了里屋之后，又进了一道碧纱厨，才看到宝玉的床和宝玉。再有第五十一回中宝玉又说："你们两个都在那上头睡了，我这外边没个人，我怪怕的。"这是说睡外暖阁帐子外头，并非说自己睡在外头。再有宝玉卧室是有后门的。如第二十四回写小红进来，宝玉未听见：

我在后院里，才从里间后门进来，难道二爷就没听见脚步响吗？

再有第三十四回写"黛玉三步两步转过床后，刚出了后院，凤姐从前头已进来了"等，均可看出宝玉卧室后门通后院的大体情况。即在北京讲究的房屋中，这个屋里，不是规则长方形，而是缺一角的，即堂屋进来第一间较浅，有四分之一用墙隔成后间，北京俗语叫"倒宅儿"，落地罩里面较深，有前后窗，后窗边即通"倒宅儿"的房门，入此房门，即"倒宅儿"，实际是一间小南屋，出屋门即到后院了。就是说宝玉卧室通向后院的后门，要两道门，转个弯出去。不然小红在宝玉身后，又怎么说"才从里间后门进来"呢？不是里间中又有里间吗？还有第五十一回写麝月半夜出去，晴雯跟着吓她，月光如水，天气极冷，"麝月便开了后房门，揭起毡帘一看"。如果这后门不是转个弯，两重门，那冷风不是要直吹到宝玉床上吗？北京高级房舍，是没有这样的后房门的。

里屋说清楚，再说外屋。里屋如果两间，外屋还剩三间，这三间如何安排？又是四面玲珑板壁嵌古玩的集锦槅，又是炕，这二者如何统一在一起。书中未写西面有"里屋"，即西面无套间。从前引六十四回、七十回的文字可证明。而习惯又说"那屋"，如第二十四回秋纹、碧痕服侍宝玉洗澡后，"走到那边屋内，找着小红"；又如第五十一回麝月说："咱们那熏笼上又暖和，比不得那屋里炕凉。"这些话均可说明"那屋"就是宝玉一清早来看晴雯、芳官等打闹的"外间屋"，炕就在这里的西面。而这个"屋"是与一进门的"四面皆是雕空玲珑木板"的堂屋连在一起的。而这又如何分呢？稍有曲折，转过集锦槅子，便可把三敞间的西部隔开了，这样把西面炕也可隔在集锦槅子后面了。生人进去，目迷五色，看不清楚；熟人进去，从左手"玲珑木板"的曲折空隙处一探头，便可看见炕上睡着的人了。所以第六十三回写宝钗到怡红院来：

> 宝钗便顺着游廊，来至房中，只见外间床上横三竖四，都是丫头们睡觉……

作者在叙事中，有时床和炕混和用，如第七十回"芳官却仰在炕上"，而接着又说宝玉"说着也上床来隔肢晴雯"，实际这"上床"就是"上炕"。同样前面所说"外间床上"，也是"外间炕上"，不然怎么会"横三竖四"地躺着人睡觉呢？

因而可以推论说："寿怡红群芳开夜宴"的炕，是在怡红院五间抱厦中外屋的西部，玲珑板壁、集锦槅子后面。至于说是南向，北向？有多么大？那还要进一步分析。不要认为这是琐碎的小问题：我感到这是关系到文字写实和用文字表现建筑学"界画"的大问题呢。

梅　花

《红楼梦》中写到梅花的地方很多，有名的第四十九回"琉璃世界白雪红梅"不要说了，在其他地方也还不少，如第五十二回，写宝玉在潇湘馆看到了一盆攒三聚五的单瓣水仙，连连夸好，黛玉笑道：

> 这是你家的大总管赖大奶奶送薛二姑娘的两盆水仙、两盆腊梅，他送了我一盆水仙，送了云丫头一盆腊梅……

又如第五十回中写贾母欢庆元宵，吃酒时要行一套"春喜上眉梢"的击鼓催花令，这时"席上取了一枝红梅"。

在这两回书中既写到腊梅，又写到红梅，如再算上第五十三回中所写"各色旧窑小瓶中，都点缀着'岁寒三友''玉堂富贵'等鲜花"一句中，"岁寒三友"的梅花，那连着这三回书中，就都写到梅花了。如果生长在江南，看惯梅花的人，读到第四十九回以后这些回书，如果读得细致些，闭上眼睛多想一想，会发现曹公在写梅花时，有些错乱，为什么红梅开了又开腊梅，腊梅开了又开红梅，"白雪红梅"一回，书中有明文，说是"这才是十月，是头场雪"，而行"春喜上眉梢"的酒令，则在第二年正月十五，前后相差有三个多月之久。这自然就产生了三个疑问：一、梅花不会前后开放三个月之久；二、在江南江、浙两地，十月里绝对没有梅花，腊梅于冬至后就陆续开放，红梅是腊尽春回的正月末才开放的，"十月先开岭上梅"的古诗，说的是大庾岭，远在广东，而非江南一带；三、看惯梅花的人都懂得腊梅先开，红梅后开，总是看了腊梅再看红梅。这三种疑问是会自然产生出来的。

要解除这些疑问，首先要识破一点：即曹公笔下所写的梅花，有真有假。大体来分，即第四十九回"琉璃世界白雪红梅"，"访妙玉乞红梅"等等梅花，都可以说是假的，是文人的装点之笔，虽然写得无限妖娆，但书中所反映的却非历史真实，不要说北京没有，即使按照某些南北之争，硬要把大观园说成是南方所有，如袁随园等人，真把大观园搬到南京，也绝无十月中白雪红梅的绝景。相反第五十二、五十三、五十四三回书中所写的腊梅、红梅等等，则是历史的，客观的真实了。这不但在时令上、腊月和新正，十分真实，另外这几回书中写的盆梅和折枝梅花，这也是实在的东西。因为北京虽然因冬天寒冷，户外种不活梅花，更不可能有梅树、梅林，但盆梅、折枝梅花那还是很多的，这就是黛玉所说的"两盆腊梅"，和"席上取了一枝红梅"的真实历史背景。《日下旧闻》引逸书明陆启浤《北京岁华记》云：

　　腊月束梅于盎，匿地下五尺许，更深三尺，用马通然火，使地微温，梅渐放白，用纸笼之，鬻于市。小桃、郁李、迎春皆然。

《光绪顺天府志》记云：

> 今草桥居人，种花为业如旧，唯梅花无大本，
> 仅置盆中，为几席玩。

《红楼梦》中所写的梅花，不论腊梅也好，红梅也好，总之不外以上两则资料所记，都是花洞里熏出来的盆梅。这种盆梅也有两种，一是真正老梅桩，春、夏、秋三季连盆栽在露天花畦中培养，入冬之后，移入花窖（即老式温室）中，在有火道的塍上熏焙，到腊尽春回之际，便可发花。另一种是接枝盆梅、花农在春季从山中掘来小株山桃花，一般手指粗细，一行行移植花畦中，把枝叶剪去，只留根部两、三寸许，露出地面，然后在一定时候，从老梅桩上剪下两三根嫩条，嫁接到山桃花根上，入冬移入盆中，将两三根嫩条蟠曲几转后，用绳扎牢，再送到花窖中熏焙，等到腊鼓催年之际，也能满树发花，十分缤纷。这种盆梅，

也正是龚定庵《病梅馆记》所说的那种"病梅"。这种梅花有一个特点，即当年买来开得很好，第二年便开不了几朵，第三年可能一朵也不开了，人们常说"根本"二字，而这种盆梅它"根本"不是梅花啊。康熙时查初白《敬业堂诗集》中有一首题为《盆梅》的五古，是他在腊月中在槐树斜街报国寺、土地庙庙市上买了二盆水仙、梅花后写的，其中有几句道：

> 无端被巧匠，栽接移根脚。
>
> 本是桃寄生，而含梅跗萼。
>
> 经冬傍花窖，渐亦喜熏灼。
>
> 昨登庙市来，带土入城郭。
>
> 千钱买一本，手为解其缚。
>
> ……

初白老人买的就是这种嫁接的盆梅。"手为解其缚"，就是把那扎紧蟠曲枝条的绳子解开。在当年土地庙等花市上，这种嫁接的盆梅比起真正梅桩盆梅来，要便宜得多。红白梅花、碧桃都可嫁接，而腊梅则不能嫁接，所以黛玉说的"两盆水仙、两盆腊梅"，这腊梅是真正的梅花。北京大株腊梅栽在大木桶中培植，也可养到七八尺高，不输于南方种在地上的高度，只是限于木桶的范围，无法长成丛生的灌木。三十多年前，曾在鼓楼豆腐池华粹深先生亲戚家中见到过一株八尺多高的大腊梅，摆在后院正房堂屋，看时正是年根腊残之时，一掀帘子，就是一阵甜香拍人眉脸，真是好花。不过奔走于蓟北江南几十年中，也只见过一株这样尤物，更无第二株。大观园中的案头清供，比起这株来，恐怕也是小巫见大巫了。

▼（元）佚名《墨梅》局部

不过随便怎么高大，还是不能在户外过冬的。因为北京冬天零下十度左右的天气，要持续一两个月，地表要冻到二尺深。梅花一来根株浅，二来看花时正是地冻时，因此无论如何，梅花不能在户外露天过冬。因之也就没有梅树，更无梅林。也有好事者，想尽一切办法，要在北京种梅花。夏枝巢老人《旧京琐记》中记有一则故事道：

　　　　北京梅树无地栽者，以地气沍寒也。城中惟贝勒毓朗园中一株，盖坑地炽炭，作玻璃亭以覆之。城外则惟汤山之园中有之，地属温泉，土脉自暖，余尝于二月中过之，梅十余株与杏花同时开放，惜皆近年补种，无巨本也。

枝巢老人是近代人，当年作为他们弟子的还大有人在，所记贝勒毓朗园中有梅花，自非无稽之谈。这比俞平伯老先生昔时所说的养在亭子中，下面生有火道的"燕梅"还更实际。因为这的的确确是种在户外的梅花，而且十几株，似乎很可作《红楼梦》中梅花的物证了。但仍然不可以，老人说得很清楚，"尝于二月中过之"，"与杏花同时开放"，这花期大约比苏州邓尉山、杭州孤山晚二十来天，而《红楼梦》中所写，却在十月中、下头场雪时开放，这如何可能呢？且看第四十九回原文：

> 顺着山脚，刚转过去，已闻得一股寒香扑鼻，回头一看，却是妙玉那边栊翠庵中有十数枝红梅，如胭脂一般，映着雪色，分外显得精神，好不有趣。

文章实在写得漂亮，但是事实上却绝对没有这种情况。就算栊翠庵下面，也像贝勒毓朗的园林一样，底下有一股温泉，而花期却仍早了三个月，这个谎是无论如何也圆不上的。何以解释呢？这只能像欣赏王维的"雪里芭蕉"一样，也只能作为美丽的艺术创作来看，美的彩色来看，而绝不能当作信史来刻舟求剑！

附记：

关于北京梅花，近人夏枝巢老人《旧京琐记》中有一则记载，按毓朗，光绪三十四年代那桐为步军统领，其园在西四南缸瓦市路东。四五十年前已荒废，改为木厂。另据《中央公园二十五周年纪念册》记中山公园大梅花云：

> 梅产自江南，多百年老干，而北地以气候关系，率多蘡梅，花似杏而小，香韵独幽。本于民六、七年间，特择其枝干较大者数株，种于地上，冬日筑花房以避寒雪，于兹已逾二十年矣，枝干横斜，疏瘦高达八九尺，每年春分后始花，清香袭人，亦北地罕见之品。

以上一则，也可作为北京梅花的注释。另据传张丛碧（伯驹）老先生也在北京种过梅花，还为此写过词，只不知后来如何了。

芍药·蔷薇

　　《红楼梦》所反映的历史上的社会生活，可以说是真真假假；主要是真实社会生活的反映，但也不乏艺术的夸张与想象，因此就不能完全当成真事了。即以大观园的花事说吧，既有反映北京当时真的花事之处，也有艺术想象属于虚构描绘之处。最突出的例子，就是在另一篇小文中谈到的梅花，那完全是艺术的想象了。十月里头场雪就梅花怒放，不要说北京不可能有，即在江南也是不可能的。红学家总爱争大观园的地点问题，从清代袁子才开始，一直到今天，总有不少人一心想把大观园搬到南方去，"红梅花"也是一个搬迁大观园的理由，似乎说北京没有梅林，大观园有"琉璃世界白雪红梅"，因而大观园肯定在江南。然而却未注意到，纵然在江南，农历十月间又到哪里去找盛开的梅林呢？因而这实际也不过是曹雪芹笔下的"桃花源"。照曹雪芹所写的时间条件，在江南也同样是找不到的啊。

这是虚构的。但在另外的地方，却又有非常真实、符合北京花事月令的描写。如第六十二回《憨湘云醉眠芍药圃》，这就写得非常真实。在五十八回中写春天的风光，是写春光匆匆而去；惜春心情，十分传神。宝玉看到"一株大杏树，花已全落，叶稠阴翠，上面已结了豆子大小的许多小杏……"在此两三回之后，就写"红香圃"已是谷雨时候，春末初夏了。这正是"寿筵开处风光好"的时候，书中对话及叙事道：

都说："芍药栏里预备下了，快去上席罢"……同到芍药栏中红香圃三间小敞厅内。

作者在此只说了个"芍药栏""红香圃"的名称，并没有作色彩的工笔描绘，但却把烂漫甜暖的色彩，留待写人与花的交织的热烈气氛。试看后面的描写：

▶（清）改琦绘史湘云

果见湘云卧于山后僻处一个石磴子上，业经香梦沉酣，四面芍药花飞了一身，满颈脸衣襟上皆是红香散乱。手中的扇子在地下，也半被花埋了，一群蜜蜂、蝴蝶闹嚷嚷的围着。又用鲛帕包了一包芍药花瓣枕着。

这种花与人的交织的写法，是《红楼梦》所特有的。写花是为了写人，写人也是为了写花，人与花有机地结合起来，分不开了。这段描写中，突出了芍药的多，是用"栏"围起的，是用圃来栽种的，这就不是一株二株，而是一大片，因而才能落红狼藉，在地上铺一层，湘云才能用绢子包了作枕头。也许有人问：有这么多吗？这有真实背景吗？回答是肯定的，是有真实历史背景的。

旧时北京三春花事，芍药是一个大轴子，是烂漫登场的主角戏。丰台草桥种花，虽说各种花卉都有，但最多的是芍药。王渔洋《香祖笔记》云：

> 京师鬻花者，以丰台芍药为最。

乾隆时俞蛟《春明丛说》云：

> 出南西门外数里，曰丰台，居民咸以种花为业，四时红白相间，芬芳袭人，而惟春夏时之芍药为最盛，连畦接陇，一望无际，皆婪尾春也。

北京芍药开在谷雨后，芍药一过，三春花事已了，故曰"殿春"，又曰"婪尾春"。为什么芍药种得特别多呢？这里面有几个原因：一是芍药是宿根草木，便于培植，可以在园田大面积种。二是芍药花朵大，颜色艳丽，着花繁盛，品种变化多，由白到紫，各种颜色，各种瓣形都有，其中名品种如"金带围"，粉红中加黄瓣；御花黄，黄色；醉西施、南红、观音面，粉红色；白芍、傻白、香妃，白色；胭脂点玉，白色有红点；凝香英、瑞连红、紫都胜，紫色，品种之繁多，是数也数不清的。三是折枝便当，因是草本，施肥足，发得猛，着花多，一丛芍药，花时全部折光也不要紧，明年照样可以生长。木本就不同些，花时挠折过多，明年嫩枝全无，就不易生长了。四是社会上喜欢，牡丹是花中之王，芍药跟着牡丹开，着花又同牡丹一样，看完牡丹，就看芍药。所以人称牡丹为"木芍药"，芍药为"草牡丹"。再有芍药是重要的药材，即白芍、赤芍。

由于种得多，培育便利，着花多，所以价钱也便宜。康熙时黎士弘《燕京四月歌》云："牡丹四月贱如荑，十五青铜买两枝。"（见《托素斋诗集》）牡丹尚且如此，那芍药自然就更不用说了。《京师地名对》注云：

京城四月间，芍药开时，卖花者到处成市。

富察敦崇《燕京岁时记》也说：

芍药乃丰台所产，一望弥涯，四月花含苞时，折枝售卖，遍历城坊。

可以想见，由清初到清末，芍药一直是北京春花中的主力。像大观园那样的名园，自然要大面积地栽种了。因之一曰"芍药栏"，二曰"红香圃"，均可以想见其繁盛烂漫也。在这样的春光中，在这样的花丛中，曹雪芹创造了这样一个"憨湘云醉眠芍药圃"的场景，其艺术上的巨大成功，固然是由于曹雪芹的非凡的天才、丰富的学识和辛勤的创作劳动，但也基于历史的真实背景，为他提供了写这个场景的丰富资料。他写在芍药栏边、红香圃排寿宴，是否受到什么启示，那是不能完全肯定的，但能给他一种启示的文献资料也是有的。明人刘若愚的《酌中志》中记云：

> 四月初四日，宫眷内臣，换穿纱衣，钦赐京官柄扇，牡丹盛后，即设席赏芍药花也。

芍药花畔摆筵席，原是宫廷韵事，不过这也是普通的事。曹雪芹写这回书，是否受到了一点《酌中志》的影响不敢说，但有一点值得注意：就是按一般习惯，看芍药的时候，还是穿夹衣的季节，即便热一些，也还未到拿扇子的时候。清代故事，端午节才赐扇。《燕京岁时记》说："内廷王公大臣，至端阳时，皆得恩赐葛纱及画扇。"而曹雪芹写湘云憨眠芍药圃时，却有一句：

> 手中的扇子在地下……

四月末非执扇之时，五月初才有赐扇之制。而湘云手中却有扇子，当然不能说一定不可以，但与《酌中志》所写对看，似乎也多少有点关系了。

芍药而外，再有重彩描绘的，便是蔷薇。先看第三十回原文：

> ……忙进大观园来。只见赤日当天，树阴匝地，满耳蝉声，静无人语。刚刚到了蔷薇架，只听见有人哽噎之声……此时正是五月，那蔷薇花叶茂盛之际，宝玉悄悄的隔着药栏一看，只见一个女孩子蹲在花下，手里拿着根别头的簪子在地下簪土，一面悄悄地流泪。

▼（清）改琦绘龄官

……只见花外一个人叫他"不用写了"，一则宝玉脸面俊秀；二则花叶繁茂，上下俱被枝叶隐住，刚露着半边脸儿，那女孩子只当也是一个丫头……

　　这是《椿龄画蔷痴及局外》的绝妙好词，真可以同《庄子》《史记》、少陵诗、易安词并驾齐驱，可惜没有被金圣叹看见，也可以说是千古憾事了。闲话少说，还是就花谈花。大观园内的花事，在曹雪芹笔下，都是以人写花、以花写人，芍药如此，蔷薇也如此。前人诗云："鸳鸯绣罢凭君看，不把金针度与人。"写花这点，也可是说是曹雪芹的"金针"之一，所以有黛玉之葬花，刘姥姥之簪花，妍村照映，各饶奇趣，都是用的这种金针手法。

　　读这段文字，要注意到"花隐人面"这样的镜头，只能写在蔷薇架边。因为这样的花，娇嫩的红色，只有这样的架，不高不低，才好隐住人面，误认为也是女孩子。文震亨《长物志》"蔷薇木香"条下记云：

> 尝见人家园林中，必以竹为屏，牵五色蔷薇于上，架木为轩……二种非屏、架不堪植。或移着闺阁，供仕女采掇，差可。

这里说了蔷薇是非架不可的，但蔷薇只四五尺高，虽然引藤，非架不可，但又不比藤萝，很高的架，所以它的架正好挡住人脸。在植物学中，蔷薇只是蔷薇科的一种，蔷薇科中还有刺梅、玫瑰，牵藤着花，或红或白或黄，都和蔷薇类似。在花期上，刺梅最早，蔷薇次之，玫瑰最晚，大概是四月下旬到五月初罢，在篱落间次第开放，其情景自是极为艳丽的。《燕京岁时记》记"玫瑰"云：

> 玫瑰，其色紫润，甜香可人，闺阁多爱之。四月花开时，沿街唤卖，其韵悠扬，晨起听之，最为有味。

近人沈太侔《春明采风志》云：

　　　　玫瑰来自北山玫瑰沟，畏冬风，放种沟中……
四月花开，沿街叫卖。

北京康、乾时，还有单以刺梅著称的名园，查慎行有
《从刺梅园步至陶然亭》诗，戴璐《藤阴杂记》云：

　　　　城南刺梅园，士大夫休沐余暇，往往携壶
榼……觞咏间作。

　　从这些记载中，可以想见北京春天花事中，蔷薇、
玫瑰等类花架之烂漫，亦可领略到大观园的无边春色。
但有一点必须说明：蔷薇开时，不是蝉鸣季节。"满耳
蝉声，静无人语"，是盛暑风光，这一点，不能不说是
曹公小小的漏洞了。

竹·笋·菱

《红楼梦》中写到竹子的地方很多，不必举例，谁都知道林黛玉住的潇湘馆是以竹子闻名的。"忽抬头见前面一带粉垣，数楹修舍，有千百竿翠竹遮映"，所以众人都称赞道："好个所在。"两三句话，很传神地就把潇湘馆的幽僻风光写出来了。前年春天，我请常熟钱夷斋先生画了一幅《潇湘秋思》图，钱先生用双钩加渲染的技法把潇湘馆的绿意画得极为传神。我带到北京，请俞平伯先生题了"凤尾森森，龙吟细细"八个字，在《红楼梦学刊》一九八一年第一期发表了出来，印出来后，画面所传的情韵，仍有映人眉眼俱绿之感。林黛玉在这样的好地方，这正是曹雪芹着意安排的。北京冬日寒冷，种竹没有江南条件好。李慈铭《越缦堂日记补》咸丰十年三月二十九日记云：

> 定子斋前有竹数竿，尚饶碧韵，都中得此罕矣。北人种竹如种玉，洵然。

李越缦说话向来是不留分寸的，虽说"都中得此罕矣"，但还不得不称赞"尚饶碧韵"，这说明有竹即有绿意，有绿意即有韵。潇湘馆就是以韵胜的。不过北京种竹，一般只能种青竹，即江南所说的小竹。恭王府"天香庭院"直到今天，院中还是绿意葱茏，种的就是几丛小竹，长势还是很好的。至于毛竹，则在北京没有看见过，文献上也无记载，大概是种不出来吧。也许有人感到，像李越缦日记中说的，"竹数竿"或者几丛，那还容易，像潇湘馆那样一大片、一大片的竹子是否有呢？这也可以肯定说有。刘侗《帝京景物略》记"曲水园"道：

> 府第东入，石墙一遭，径迢迢皆竹，竹尽而西，

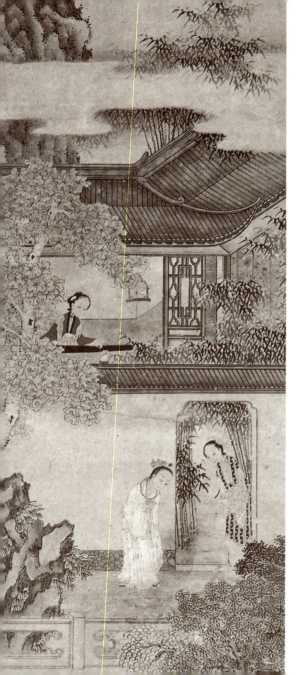

▼（清）冷枚《西厢听琴》局部

迢迢皆水……

蒋一葵《长安客话》记碧云寺卓锡泉云：

> 前临荷沼，沼南修竹成林，疏疏潇碧，泉由
> 竹间流出，岩下琢石为屋，正是竹林。

说也奇怪，北京不但有比较大面积的竹林，而且还有很名贵的品种："黄金间碧玉。"文震亨《长物志》中记竹种云："竹取长枝巨干，以毛竹为第一，然宜山不宜城，城中则护基笋最佳……又有木竹、黄菰竹、箸竹、方竹、黄金间碧玉、观音、凤尾、金银诸竹。"

这"黄金间碧玉"，又叫金镶玉竹，是绿的竹竿，有一根黄线，也是比较名贵的品种，在江南也不多见，而在北京却也长得很好。过去看谈迁《北游录》记卓锡泉云：

> 其园卓锡泉，自石镈龙吻出，下注飞涛……中

堂艺竹，俗曰"黄金间碧玉"，大仅如指，北土固在乎少见也。

对谈迁的记载，我一直很神往。去年（一九八一）初秋，在北京有机会到潭柘寺游览，除看到千年古银杏外，还亲眼看到在流觞亭边那两片金镶玉竹竹林，虽不甚大，但长得十分葱茂，谈迁说："大仅如指"，可能他看到的比较小，而潭柘寺中这两片金镶玉竹，粗的也还有婴儿臂膀粗，固然不能同杭州云溪竹径比，但比之手指，总是要粗一些的了。现在还长得很好，读者如有雅兴，不妨亲自去看看。

有竹就会生笋，不然清初的金镶玉竹，怎么能葱葱茂茂地长到现在呢？所以《红楼梦》中也写到笋。在五十六回《敏探春兴利除宿弊》中有几句道：

> 那片竹子单交给我，一年功夫，明年又是一片，除了家里吃的笋，一年还可以交些钱粮。

这虽是小说家言，难免有些夸大，但北京有竹能生笋，总也该是实情。偶然读到一篇《论〈石头记〉的"旧稿"问题》（见《红楼梦研究集刊》第一辑）中说："北京园子里手指粗的竹子，能产生供馔的笋子吗？"这个问题是不能简单回答的。一是凡竹都生笋，二是嫩笋皆可吃。当然其中又有冬笋、毛笋、竹笋等类。前二种是毛竹的笋，北京的确没有。后一种是青竹的笋，北京自有小片竹林，也便生产少量的竹笋。关于生产笋和入馔的笋，不妨引点前人的文献。当查慎行康熙四十八年住在宣武门西槐簎时，就写了好几首有关竹笋的诗。如《下直经澹宁居后见新竹出墙》《种竹》《从院长乞园中（指"自怡园"）新笋次昌黎和侯协律咏二十六韵》《予昨作诗从院长乞争……今日大风遣人饷笋及菊酿》《新竹次院长韵》《六月杪庭前后种竹两丛入秋积雨忽生笋五株……》等等。单看这些诗题，就可以想见北京的确是有笋，而且是可以入馔的了。不妨再引几句诗中的句子，如《乞自怡园笋》一首中云：

及见初移植，清阴渐满轩。

万竿殊不恶，五亩遽为烦。

籧篨年将老，箈簜定有孙。

……

合充佳客馔，何待老饕言。

……

正使因风折，何如带土掀。

解馋胜嚼竹，劝醉抵留髠。

笋送到时，又送来了酒，所以其谢诗首二句云："乞笋
何当更致醪，笑余毋乃大贪饕"，这些诗不是都足以证
明北京有足以入馔的笋吗？自怡园的笋可以入馔，为
什么大观园潇湘馆的笋不可以入馔呢？不妨再举一个
例子：乾隆时张泰开值南书房时，在圆明园直庐东自
己买了一个园子，园内有一泉，号"乐泉"，嘉庆而
后，园荒泉湮。道光时，祁寯藻、徐士芬等都在此园
住过，淘泉种竹，又极一时之胜。其斋曰"食笋斋"，
祁　藻有《食笋斋十咏》，每首前均有"小序"，其
"竹径"前言云：

斋南竹三丛，当涂手植，遂以名斋。东南隅

两丛，西北墙下一丛，文瑞所补也。春夏雨足，笋迸地而出，交柯乱叶，欵扉者披翠而乃入也。

像这样葱茂的竹林，又以"食笋"名其斋，这还能说北京没有入馔的笋子吗？应该肯定说是有的。但是必须下一转语，正应了孔乙己的话："多乎哉？不多也！"北京是有可以入馔的笋，但是不多，只是王公贵戚的名园和著名禅寺中有，一般民间自是没有的。查慎行《人海记》所说："北方无笋，惟冬笋用毛竹筒封贮，从江南马上贩鲜，十余日到京。"这只是指的一般的情况。而特殊的名园中，如皇家的畅春园、圆明园、澄怀园等，那都是大片大片种竹子，还能没笋吗？所以说：曹雪芹笔下的大观园，必然会长出可以入馔的笋，这是完全可以理解丝毫不值得奇怪的。

或问曰：笋有菱也有吗？回答更肯定：有。

《论〈石头记〉……》一文又说："还有北京决不能生长而书中屡次叙及的水中的菱和园里的梧桐与芭蕉。"这个"决不能生长"，似乎说得过于主观和武断了。因为北京确实是有梧桐、芭蕉和菱的，当然也不多，但不多和"决不能生长"是两回事。纪晓岚《阅微草堂笔记》中好几则都提到他虎坊桥宅中的梧桐；再看《天咫偶闻》也记有驴市胡同刘文清故第有梧桐，文云：

> 刘文清公故第在驴市胡同西头，南北皆是。其街北一宅改为食肆，余幼时屡过之，屋宇不甚深邃。正房五楹，阶下青桐一株，传为公手植。街南墙上横石刻"刘石庵先生故居"七字。

刘石庵和曹雪芹是前后同时代人，他宅中能手植青桐，为什么曹雪芹写的大观园中就不能生长梧桐呢？记得故宫后花园中庄士敦住过的那所房子前，就有两棵小梧桐，只是不知现在还在不在，有心人去一看即知道了。再有芭蕉，过去在北京就更不希奇。芭蕉不是树，虽然可以长出大叶子，但还近乎宿根草本植物。即使在江、浙二省，芭蕉一过冬至，叶子也全部光了。一个秃桩，用干草厚厚包上，根部多护些炉灰乱草等肥料，在北京户外朝南、背风的地方，是完全可以过冬的。北京过去东西庙名花厂中，养芭蕉的不知有多少。只是近年北京旧时风物，大多因种种原因没有了，以致使读《红楼梦》的人，感到这也没有，那也没有，这是对北京过去的风物民情早已茫然的缘故。就以菱角来说吧，那"北京的菱"更是使人永远怀念的，怎么可以说"决不能生长"呢？后面我再说说北京菱。

按，北京虽然地处北方，却也出产许许多多江南的东西，菱角是其中之一，而且这也是古已有之的。蒋一葵《长安客话》记西湖（即现在的昆明湖）的情况道：

> 近为南人兴水田之利，尽决诸窪，筑堤列塍，为畜为畬，菱、芡、莲、菰，靡不毕备。竹篱傍水，家鹭睡波，宛然江南风气。

富察敦崇《燕京岁时记》云：

> 七月中旬，则菱芡已登，沿街叫卖曰："老鸡

头，才上河。"皆御河中物也。

不必多举例，只此两则，一个明末的记载，一个清末的记载，便足以说明问题，证明北京的确有菱了。

北京在自然地理上，得天独厚，西山脚下，土质好，水脉好，到处涌现泉水，玉泉山的水，香山的水，许多清泉，汇成了昆明湖。又一片以海淀为中心小水网地区，名丹稜沜，这里棋田密布，大似江南。北京夏天又很热，有适宜的气候，只要有种子，又会种植，有什么困难不能种菱呢？北京从明代永乐起，建都几百年，南方流寓人口很多，除去做官的，劳动人民年年随着运粮船也来了不少，传来不少水生植物的种植技术。蒋一葵所说的"南人兴水田之利"，这都是真实的历史情况。菱的种类很多，三只角的、四只角的、两只角的，或大或小，颜色有绿、有红、有绿中带红，还有咖啡色的老菱，专名称有水红菱、雁来红、鹦哥青、馄饨菱、野菱、白沙角等等。缪荃孙等人编的《光绪顺天府志》云：

海淀今产菱，极小而三角，如南方之野菱，土人呼为菱角。生啖不甚甘脆，惟蒸曝亦可充粮。

几十年前，什刹海、德胜门外鸡头池、菱角坑（均地名）出产的菱角，并不是极小的。是比江南野菱、小红菱略大一些的两角小菱。生时绿中泛红，煮熟后褐色，吃起来十分鲜嫩，较之江南老菱，一咬满嘴干末子的好吃得多。什刹海荷花市场和会贤堂饭庄卖冰碗和莲子粥，用的鲜菱角，都是这种菱角，吃过的人，直到今天仍然是很多的。再有就是到街上卖菱角小贩，那更是充满诗意的。

立秋前后，菱角、鸡头上市叫卖。喊声："唉——菱角哎，老鸡头唻！"卖的小贩，斜着背着一个"腰圆"的木箱，上面有盖，盖下有湿布苫着。里面是方煮熟的鲜菱角，边上放着一叠裁好的鲜荷叶，和一把三四寸长的夹剪。买时论个买，记得一大枚可买五六个吧。有人买时，小贩放下箱子，打开盖，把半张荷叶摊在一边，右手拿夹剪，左手拿菱，先把两头的尖角"咔、咔"一剪，再拦腰剪一刀而不剪断，吃的人，一掰两半，十分便利。半个壳，只要用手一捏，那鲜嫩清香的菱角肉就出来了。剪起来，咔哒、咔哒，十分迅速，一会儿，那半张荷叶上就是一大堆，你就可以捧着吃去了。这样卖菱角、剪菱角的小贩，我在南京、上海、苏州、杭州以及这些城市的乡间，转悠了三十多年，这都是出产著名菱、芡的水乡，却都没有见过，直到今天，仍然把吃菱角的甜蜜的记忆，寄托在燕山脚下的北京，寄托在有些人写文认为"决不能生长"菱的地方，这也是颇使人惆怅的了。北京在巨大的、急烈的变化中，使一些老北京人惯吃的莲蓬、菱角、老鸡头之类，也消失多年了，这不能不说是可惜的。因而使得情况陌生者在研究《红楼梦》中，也真认为北京真的"决不能生长"菱，那就未免更可惜了。

吃螃蟹

　　吃螃蟹在《红楼梦》中是一大关目，在第三十七、三十八两回书中，有大段的描绘吃螃蟹的文字。由宝钗的一大段话开始，到刘姥姥的大段感慨结束，不但文字好，在章法结构上也极为严谨，真可以说是情景交融，神采飞动，花团锦绣，是《红楼梦》全书中有数的最精彩的片段，也是曹公最着意经营的笔墨。不过在这篇小文中，不多作文字艺术的评价，也不作人物故事的分析，只想就吃螃蟹一事，作些解说。先在这里摘引些有关的原文。第三十七回中写宝钗为湘云打算道：

　　　　这个我已经有主意了。我们当铺里有伙计，他们地里出的好螃蟹，前儿送了几个来；现在这里的人，从老太太起，连上屋里的人，有多一半都是爱吃螃蟹的，前日姨娘还说："要请老太太在园里赏桂花、吃螃蟹。"因为有事，还没有请。你如今且把诗社别提起……我和我哥哥说，要他几篓极肥极大的螃蟹来……

在这段引文中，特别要注意几个地方：一是"他们地里出的好螃蟹"，二是"要请老太太在园里赏桂花、吃螃蟹"。螃蟹出产在水里，吃螃蟹、赏菊花，所谓"持螯对菊"，这就是不出产螃蟹的地方的人们也知道的常识，而这里却说"地里出的"，"赏桂花"，这又是什么原因呢？简单说，这是有地域特征的，这说的是北京人吃螃蟹。

为了说明问题，先说明这次吃螃蟹的具体日期。根据书中明文推算，在此前面有贾政点了学差，八月二十日奉旨起身的明文，见三十七回开头。后面第四十三回有凤姐九月初二过生日的明文，中间又有海

▶ 孙雪泥《蟹图》局部

棠社诗课，初二、十六开社作诗的明文（见三十七回）。这三者如果仔细研究起来，中间洋洋洒洒五六回文字。在时间上自有矛盾处。但这系小说，自难像历史那样认真细考。但从所写风光来看，这吃螃蟹的时候，自在九月初二前若干日，以八月中旬左右为宜。这正是以北京人吃螃蟹的生活为背景来描绘的。

为什么这样说呢？先从时令上说是这样的。陆游诗云："况当霜后得团脐。"螃蟹经霜之后才肥。在江南吴越间，一年到头能在水浜中捉到蟹，但真正讲究吃螃蟹，要在旧历九十月间经霜之后，团脐（母蟹）才有满黄，再晚尖脐（公蟹）才有厚膏。这种情况，明末张岱《陶庵梦忆》中"蟹会"一段说得最清楚：

> 河蟹至十月与稻粱俱肥，壳如盘大，坟起，而紫螯巨如拳，小脚肉出，油油如螾蜒，掀甚壳，膏腻堆积如玉脂珀屑，团结不散，甘腴虽八珍不及。

张岱把江南吃蟹的期间，说得最清楚，而且对关键性问题，一语中的，就是"与稻粱俱肥"，江南晚稻要在农历九月中下旬才开镰，蟹才肥，所以俗话有"九团十尖"的说法。而北京天气凉，霜期早，大田的庄稼登场早，所以在旧历七月底、八月初就讲究吃螃蟹了。明人刘若愚《酌中志》"八月"条下记宫内吃蟹：

> 宫中赏秋海棠、玉簪花。自初一日起，即有卖月饼者。加以西瓜、藕，互相馈送……始造新酒，蟹始肥。

清末忧患生《京华百二竹枝词》注云：

> 七月间，满街卖蟹，新肥而价廉，八月渐稀，待到重阳，几几乎物色不得矣。

这都足以证明北京的螃蟹上市早，七月底、八月初正是当令。印证近人著作，也可证明这点。查《鲁迅日记》，一九一四年九月十九日记云："夜食蟹。"这年十月四日中秋，计在中秋前十四日。又一九一五年

吃螃蟹　　179

九月十日记云："晚齐寿山邀至其家食蟹……大饮啖，剧谭。"这年九月二十三中秋，计在中秋前十三日，以之对照《红楼梦》中所写，在桂花边上吃螃蟹，在时令上正对景。

为什么北京吃螃蟹，比江南要早一个月光景呢？这首先是因为气候的关系。前面所引宝钗的话，说是螃蟹出在"地里"，这也是很大的特征。在江南，螃蟹都出在浜里、江里、湖里、荡里。高邮湖、太湖、阳澄湖、淀山湖等等，所谓"鱼罾蟹簖"，在江湖边上是捕蟹的好地方，从来没有听说蟹是出在"地里""田里"的。而宝钗说的却不然，是在"地里"，这正是北京、天津一带的习惯说法。北京最讲究吃胜芳的螃蟹。胜芳是个镇，在京南武清县。这一带连着白洋淀，地势低洼，海河入海不畅，常常造成秋日田中大片、大片的积潦，螃蟹从海中沿海河上溯，到秋天高粱红的时候，爬在高粱地里吃高粱，人们大量地捕捉。所以说："地里出的好螃蟹。"这句话如在江南是说不通的，必须了解了特定的地理环境才能理解。

北国天寒，秋霜早降，旧历八月初即有霜，到八月底地里的庄稼都已登场，一片光秃秃的了，纵有积潦，一般也已退净，履霜而坚冰至，螃蟹已无处存身了。到了旧历十月，地要上冻，就更不能有螃蟹了。所以北京吃蟹，比之江南，要早上一个多月，而且很快就落市了。所谓"九月吃团脐，十月吃尖脐"，那是江南的饮馔经，在北京是不适用的。曼殊震钧《天咫偶闻》中说："都人重九，喜食蒸蟹。"这似乎是想当然的说法。他是旗人，长期在江南做官，多少有些有意把江南人的习惯写在北京亲贵旗人的身上。而与他同时，江南人在北京久做京官的桐乡严缁生在《忆京都词》注中却记道：

都中蟹出最早，往往夏日已有，故余诗有"持螯北地翻佳话，却对荷花背菊花"。然赏菊时间亦有之，特不多耳。

严缁生的说法，似乎比曼殊震钧更恰合实际些。即北京到重九赏菊之际，螃蟹纵使还有，也不很多，应该是珍贵的，而且是市面上的商贩预先养起来的了。

江南人吃螃蟹，并不当回事，因为经常能捉到，平时家中吃螃蟹，蒸蒸也可以，就在锅子里煮煮也可以。如果做菜，面粉拖拖吃也可以（俗名"面拖蟹"），有姜、有醋、有酒固然好，无姜、无醋、无酒也无所谓，不像北京人吃螃蟹那样慎重。而《红楼梦》中所写，却多神情如画，尽是北京人的口吻。在第三十八回中：

> 凤姐道："回来吃螃蟹，怕存住冷在心里，怄老祖宗笑笑儿，就是高兴多吃两个，也无妨了。"

王夫人对贾母说："这里风大，才又吃了螃蟹，老太太还是回屋里去歇歇吧。"

贾母先嘱咐湘云："别让你宝哥哥多吃了。"又嘱咐湘云、宝钗二人："你们两个也别多吃了。那东西虽好吃，不是什么好的，吃多了肚子疼。"

黛玉道："我吃了一点子螃蟹，觉得心口微微的疼，须得热热的吃口烧酒。"

试看这些话语，哪一条像吴越一带，"黄鱼紫蟹不论钱"的江南人的话语。可以说全是老北京大宅门中女眷的口吻。虽然书中人物，名义上是江南人，曹雪芹本人幼年也在江南生活过，但毕竟因他后来长期生活在北京，旗人亲贵过的都是"京朝派"的生活，所以一切的生活习惯、言谈口吻也都是"京朝派"的，吃螃蟹时的慎重其事，种种告诫，不过正表现其一端耳。

第三十八回中写凤姐安放杯筷，上面一桌，东边一桌，那边廊子上摆了两桌，花团锦绣，连鸳鸯、琥珀等人都围坐在一起吃螃蟹；凤姐"又命小丫头们去取菊花叶儿、桂花蕊熏的绿豆面子，预备着洗手"。前面是写场面、写神情、写气氛，这后面一句正是真正写出了亲贵之家的豪奢生活。如果没有经过这样的生活，见过这样场面，是编不出来的。明代刘若愚《酌中志》中写宫人吃蟹情况云：

凡宫眷内宦吃蟹，活洗净，用蒲包蒸熟。五六成群，攒坐共食，嬉嬉笑笑，自揭脐盖，细细用指甲挑剔、蘸醋、蒜（疑是"姜"字之误）或剔蟹胸骨，八路完整如蝴蝶式者，以示巧焉。食毕，饮苏叶汤，用苏叶等件洗手，为盛会也。

把刘若愚这段文字和《红楼梦》第三十八回对照来看，不是很有意思吗？《红楼梦》中写凤姐要水洗了手，站在贾母跟前剥蟹肉；薛姨妈又说"我自己掰着吃香甜"；平儿早剔了一壳黄子送来等等，不正是和刘若愚所写的"攒坐共食，嬉嬉笑笑。自揭脐盖，细细用指甲挑剔"等等极为神似吗？只是刘文中"蘸醋、蒜以佐酒"这点很特别。《红楼梦》中写平儿剔了蟹黄给凤姐，凤姐道"多倒些姜、醋"；后面宝玉的诗也说"泼醋擂姜兴欲狂"；宝钗的诗又说"性防积冷定须姜"：都是只说"姜"，未说"蒜"，因为姜是热性的，所谓"姜桂之性"，吃螃蟹南北各地照例都用姜末、姜丝，没有看见过用"蒜"的，虽然好多版本的《酌中志》都作"蒜"，但仍使人怀疑是错字。刘若愚所说饮苏叶汤、用苏叶洗手等，"苏叶"是紫苏叶子，紫苏又名"桂花"，是中药。虽然也很考究，比之于《红楼梦》中的绿豆面子却要相形见绌了。似乎明代宫中，某些地方还比不上清代亲贵家中起居日用考究呢？

我国吃螃蟹，原是有悠久历史的。早在《周礼》中就有记载。唐代陆龟蒙有《蟹志》、宋代傅肱有《蟹谱》，这都是古籍中有关螃蟹的专书。北京在地理上离海不远，附近又出产很好的螃蟹，又是几百年的首都，饮馔讲究，自然也讲究吃螃蟹，一般除去蒸了掰着蘸姜、醋吃而外，还讲究剔出蟹黄、蟹肉来，做菜吃，如烧蟹黄、蟹黄豆腐等等，也讲究作馅包包子、饺子、烧卖等吃。《红楼梦》第四十一回写用点心，两个小捧盒内，两样蒸食、两样炸的。一样"一寸来大的小饺儿"，贾母问是什么馅子？婆子们回答"是螃蟹的"。这正是应时当令的佳品。

北京本京人还讲究吃螃蟹打卤面。旧时娶媳妇、聘闺女，最普通的酒饭，是"炒菜面"。即炒几个菜，最后吃打卤面。北京旧时"百本张"俗曲《鸳鸯扣》

中写娶亲时招待亲友云：

> 天将饭食诸亲才齐到，厨房内打卤下面为的
> 是简绝……先端八碗热菜请吃喜酒，然后吃面的
> 小菜倒有好几十碟，螃蟹卤、鸡丝卤随人自便，
> 以下的猪肉打卤没什么分别……

这更是当年纯粹用北京方言写成的通俗文学了。《红楼梦》中所写，虽然没有这样纯粹地是"老北京化"，但从所写的时令，所写的人物的言谈等等来分析，也完全是以北京的生活为背景写成的，是很难扯到江南的。

▶ （清）任伯年《菠萝菊蟹》

▼ 集市

乌庄头账单

读乾隆时汪启淑《水曹清暇录》，其中有一段记关东货云：

> 冬时关东来物，佳味甚多，如野鸭、鲟鳇鱼、风干鹿、野鸡、风羊、哈拉庆猪、风干兔、哈实蟇，遇善庖手，调其五味，洵可口也。其他石花鱼、滦河鲫、宝邸银鱼，更不胜缕指矣。

熟悉《红楼梦》故事的人，读到这段记载，便会很自然地想起第五十三回中所写的黑山村乌庄头的账单，真是何其相似乃尔。乌庄头的账单写得十分热闹，单中所列的东西是大鹿、獐子、狍子、暹猪、汤猪、龙猪、野猪、家腊猪、野羊、青羊、家汤羊、家风羊、鲟鳇鱼、杂鱼，活鸡、鸭、鹅，风鸡、鸭、鹅，野鸡、野猫、熊掌、鹿筋、海参、鹿舌、牛舌、蛏干、榛、松、桃、杏瓤，对虾、干虾、银霜炭、柴炭、御田胭脂米、碧糯等等。这许多品种，现在读者看来，好像目迷五色，以为是曹雪芹编出来的，而实际却是当年历史风俗的反映。这些在当时统称之曰"关东物"，同汪启淑所记载的一样，不过他又把它穿插在故事中，小说化了。而小说来源于生活，《红楼梦》所反映的，也正是当时的社会生活，在故事中也随时随地反映了当时北京的风俗面貌。从历史的角度看，《红楼梦》除了是小说而外，在某些地方，也可以作为风俗史来看。如果把乌庄头的账单和汪启淑的记载对照来看，就更感到像是来源于一处了。这倒不是写文章时谁抄谁，而是当时的社会情况确实是这样的。得硕亭《京都竹枝词》中有一首写关东货的诗云：

关东货始到京城，各处全开狍鹿棚。

鹿尾鳇鱼风味别，发祥水土想配京。

这诗的最后一句说得很清楚，就是清代入关之后，把东北的一些风俗，如吃鹿肉、吃野鸡、吃鲟鳇鱼等等习惯带到北京；除去人参、貂皮、东珠等等而外，把东北的大量物产也带到北京，使东北与北京的贸易大大向前推进了一步。关外地广人稀，由于贸易繁荣，关外出产又多，所以关内大量劳动力流向关外，俗称"下关东"；关外大量土特产输入关内，人称"关东货"。直到现在北京人还把麦芽糖叫"关东糖"，烟叶子叫"关东烟"。乌庄头账单和汪启淑所记，都是当时冬天的关东物。这就是小说和笔记所写内容的时代实质。

旧时交通不便，运输困难，南方靠船，通往东北的大路靠大车，也就是骡子拉的敞车。大车运输，最好的季节就是冬天地冻以后。因为那时的路都是土路，车轮是木制外圈钉铁钉的硬轮，不要说春天夏天，下雨泥泞之际，行走十分困难了，即使是晴天，尘土飞扬，坎坷不平，也松软难行。只有旧历十月，地冻之后，路面变硬，便于运输。因而旧时北方冬天，越是冻指裂肤的天气，越是运输繁忙的时候。有不少笨重物品，都要等到冬天上冻后才运送。明、清两代修宫殿等大工程，不少大石料，都是三九天，把经过路面，分段不断地洒水，使之结冰，然后用几十匹健骡牵挽拖运。关东货也是冬天大量运进关来，那时也正是秋冬之季，农副渔猎产品收获后，大量上市的季节。这些货物不管是进贡的、缴纳的，或是贸易的，都用"四五套"的大车川流不息地拉进关来，前后约有三个来月这样的贸易期。基本上是旧历九月后开始，到十二月终，谓之"走大车"。沈阳是清朝的"盛京"，是满人入关前建立政权的根据地，照旗人的说法，谓之"发祥地"，所以得硕亭的诗句说"发祥水土想配京"了。这条运输线长约一千五百来里，路上如果顺利，二十来天即可到达。但是遇上天气不好，或者风雪过多，或者天气过暖，路上冻土融化了，这就十分难走，不免要耽误行程了。贾珍问乌进孝走了几天，乌说：

回爷的话：今年雪大，外头都是四、五尺深的雪，前日忽然一暖一化，路上竟难走的很，耽搁了几日。虽走了一个月零两日，日子有限，怕爷心焦，可不赶着来了。

不要看这"一个月零两日"，这不是随便说了的。这正同当时的历史真实是吻合的。那时"四五套"大车长途载货，每辆一般装货三五千斤左右。在"走大车"的季节里，如果每天有六七百辆大车到京，那每天就可运到北京一千五百吨左右关东货，到十一月间，就进入旺季。《水曹清暇录》记《燕台新月令》十一月云：

> 是月也，滑擦聚冰，拖床为渡，黄芽菜皮剥，鹿角解、辽货集，土有禁，苦菜食其根。

邓之诚先生在《骨董琐记》中也引了《燕台新月令》，感慨说，有好多已经不懂了。如这则中"土有禁"就不明白是什么意思，但"辽货集"，就是说关东货云集了。等到一进腊月，那关东货就更要堆满街了。清代"百本张"俗曲《打糖锣》云：

> 正月里的银子腊月里就关，二十一、二放黄钱，卖香炉蜡烛台儿的满街上叫唤……汤羊和那鹿肉、野鸡呹喝新鲜，关东鱼、冻猪、野猫堆在街前……旗下爷们见面，又把满洲话翻，无非说的是新喜，吉语、吉言。

所谓"关东货""辽货"所反映的就是，东北一带山区、平原及海上的物产和满洲人的生活习惯。不论是乌庄头的账单、汪启淑的笔记、"百本张"的唱词，都有这个共同的特点。如以物产来说，首先是鹿，包括狍子、獐子、鹿筋等，这是颇有代表性的。我国古代虽然也讲究猎鹿，《诗经》中有"呦呦鹿鸣"，《孟子》中也有"顾鸿雁麋鹿而乐之"的句子，但后代并不十分重视猎鹿和吃鹿，清代则是比较特殊的。因为一来东北出鹿，二来满人在进关之前有渔、猎的生活习惯，讲究吃鹿肉。而且据《柳边纪闻》《龙沙六种》等书中记载，少数特殊的地方，真有过吃生鹿肉片的习惯。因而《红楼梦》中几次写到吃鹿肉，烤着吃鹿肉，还提到过"吃生鹿肉"，这些都是有真实历史背景的风俗习惯。乌庄头账单第一笔就是鹿、狍子等等；汪启淑的笔记第三样就提到"风干鹿"；《燕台月令》也特地提到"鹿角鲜"；得硕亭的《竹枝词》第二句，也是"开狍鹿棚"；"百本张"俗曲《打糖锣》也是"汤羊和那鹿肉"，于此可见鹿肉在当时是多么普遍了。清朝皇帝直到清末，仍把赏鹿肉当作对大臣的一项重要恩典。《燕京岁时记》记云：

> 每至十二月，分赏王大臣等狍鹿，届时由内务府知照，自行领取，三品以下不予也。

不但京官有，外官也要得赏。林则徐在江苏巡抚任上，道光十五年（一八三五）十二月十七日《日记》记云：

> 申刻折差外委龚寅赍两次批折回，并捧到恩赏御书"福"字、"寿"各一幅，鹿肉、狍（即

"麠"字）肉各二方，跪迎叩领，即分致将军……

从这些记载中，我们更可理解到当时鹿肉不但普遍，而且是受到极端重视的。这固然由于出产和风俗习惯的原因，同时还有迷信的成分在内，即用"鹿"谐"禄"的音。乌庄头账单第一项就列"大鹿"，是祝贾珍加官进"禄"，因而他不把"猪"写在前面，这都是有些道理的。当然，从另一方面说，鹿肉等都是极为滋补的食品，这又是猪羊比不上的了。

其次说说鲟鳇鱼。鲟鳇鱼是很大的一种鱼，一般有一丈多长，重三四百斤，大的还超过这个数字。徐珂《清稗类钞》云：

奉天之鱼，至为肥美，而鳣鳇尤奇（按，鳣，音寻xún，鳣鳇即鲟鳇）……大者丈许，重可三百斤，冬日可食，都人目为珍品。

据前引汪启淑等资料，再参看徐珂所记，可见《红楼梦》时代直到后来，在北京年年冬日，市上都可以买到鲟鳇鱼，而且是受到都人珍视的。徐珂说"大者丈许"，实际上大的还要大。谈迁《北游录》顺治十年（一六五三）七月辛亥记在淮阴所见云：

> 晨见巨鱼，羡之。舟人曰：崇祯己卯，江阴捕鲟鳇鱼，长四五丈，剖腹有男子，腰二十金，布囊革履如故，捕者怜而殡之。

这是一个很悲惨的故事，但也记录了鲟鳇鱼的资料。关外的鲟鳇鱼出自黑龙江、混沌江。按，长江也有，也很名贵。用鲟鳇鱼烧菜，自然不会整条地烧，而是炒鱼片、炒鱼丁等。而最讲究的吃法，则是头骨。《黑龙江外记》说："鳇头骨，关内重之，以为美于燕窝。"但吃法如何，则不知道了。再有因为它大，所以乌庄头的账单里，不能太多。一般本子都印作"鲟鳇鱼二百个、各色杂鱼二百斤"。这就不合理。即以三百斤一条说，"二百个"就要六万斤，比后面"柴炭三万斤"一项，还要多出一倍。这太不可能了。而"杂鱼二百斤"，又似乎少了些。如以五到十斤的草青鱼计算，二百斤也不过三十来尾，与其他猪、羊、鸡、鸭等比，不成比例。而关东货中鱼是很多的，不但有淡水鱼，而且有海鱼、海货。因为与朝鲜交界处，海货的贸易量是很大的。当时商民互市，谓之"马市"，以市换盐、海参、海货、纸张，海货都是动不动就上万斤的。再有辽宁沿海营口一带，也都是出鱼、海参、对虾的地方。所以乌庄头的账单里，列了许多海参、蛏干、对虾等，这正是反映了这些货来自关东。

第三是野鸡、野猫，东北有句谚语道："棒打狍子瓢舀鱼，野鸡飞在饭锅里。"可见野鸡之多。再有"野猫"是什么呢？就是"野兔"。《红楼梦》中说到野鸡的地方很多，叫"野鸡崽子"。北京饭馆中习惯上不叫"野鸡"，而叫"山鸡"，生炒山鸡片，是一味极为鲜嫩的名菜。清代北京一直讲究吃山鸡。乾隆时谢墉《食味杂咏》注云：

关东野鸡之来京者，尤以冰鸡为胜。土人云：

非极肥者不以作冰鸡，故不易得……削野鸡薄片，置火锅肉汁酸菜羹中，色既白，食之味极佳矣。尚不如炭火上生炙之，即以清酱醢物，蘸食更佳。

这里不但介绍了野鸡，而且介绍了两种吃法，即一是"涮"，一是"烤"，火炙蘸酱油和油炸蘸酱油的山鸡片，味道是近似的，都是咸渍渍的焦香。所以第四十三回写贾母尝了野鸡崽子汤，又吃两块肉，心里很受用，又说道：

若是还有生的，再炸上两块，咸浸浸的，喝粥有味儿。这汤虽好，就只不对稀饭。

结合《食味杂咏》注来看贾母的话，就更感到所写贾母的话富于生活味，的确生动地反映了当时的饮食风俗习惯。

第四说说汤羊、汤猪等等。这里说猪有逼猪、汤猪、龙猪、野猪、家腊猪等等。当年这些都不是活的，

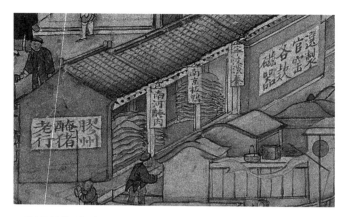

▼《姑苏繁华图》中的特产店

都是杀倒的、冻的。"暹猪",是暹罗种猪,即现在的
泰国种猪。在过去这是最好的肉猪,是用米喂养的。
龙猪是一种长毛猪种,瘦肉多而肥肉少。腊猪,实际
就是整扇的腊猪肉猪身。汤猪、汤羊都是杀倒之后,
五脏、头蹄去清,但不褪毛去皮,这样冰好,运到北
京。康熙时柴桑《燕京杂记》云:

> 都中以绵羊为贱品,宴客无有入馔者,去皮
> 者谓之冒羊,不去皮者谓之汤羊,味较胜,价比
> 冒羊倍之。

近人沈太侔《春明采风志》云：

> 六、七两月前门外深沟市汤羊肉，购食者争先恐后，盖一日只鬻半日也。连皮而烹，烂而不羶。

汤猪、汤羊，实际都是准备食用时，临时褪毛，连皮上锅煮的。因为皮中有胶质，所以能煮成浓汤。但不要油太多，所以汤猪、汤羊都不是十分肥的。汤猪一般都不超过一百斤。一直到几十年前，北京门框胡同还有著名的卖汤羊肉的铺子。行家买汤羊肉，都自带家伙连汤买。外行或者没有带家伙，那就只买肉了。剩下的汤下杂面吃，那是最好不过的。

乌庄头账单，就我所知，作了一些说明。不要小看这样一个账单，它也是风俗史、物产史、经济史的好资料，还很值得作进一步深入的研究。

酒　令

　　我过去在北京旧书摊上曾买到过一本"牙牌酒令"的书，现在则因了众所周知的原因，早已没有了，但是我一直很思念它。昔人诗云："亡书久似忆良朋。"可我虽然对这位"良朋"念念不忘，遗憾的是，却把书名忘记了。只记得的是书中印着："同治某年，宣南家刻本"，作者是谁，也一股脑儿忘光了。现在想来，总是同治年间、寓居宣南的京官中，某一位好事者刻的了。刻印很精，是红、黑套印，全书共分两部分，三分之二是牙牌副子，三分之一是酒令曲子。一副牙牌，配一句唐诗。唐诗印在右上方，下面并排三张牙牌。也就是每半页一图、一句诗，四周加细线，都是用白棉纸印的，雪白、朱红、墨黑，颜色分明，印制素雅。这种冷门小本书，家刻本印数不多，是可遇而不可求，很难得到的。当时我于无意中得到，亦颇有一种"至快也"的感觉。

▶（清）佚名绘鸳鸯

牙牌配副子，首先是两张一副，因为天、地、人、娥、版、五、长以及"皇上"、花五、花七、花九等都是两张一对的。但在过去玩骨牌"打天九"及"过五关"时，都是三张一副，三张一副，按数学中"排列""组合"的公式计算，变化自然更多。第四十回《金鸳鸯三宣牙牌令》，说的那些牙牌副子，都是三张一副的，我旧藏失落的这本"牙牌酒令"的书，也正是鸳鸯所宣的这种牙牌副子，每三张合一副，自然比鸳鸯所说的要多得多了。鸳鸯宣牙牌令，是每说一张牌，说一句诗，大部分是象形的，少部分是谐音的。如鸳鸯说："当中是一个五合六。"贾母说："六桥梅花香彻骨。"就是那张牌一头的"五"点，像一朵梅花，一头六点，用"六桥"代之。等到鸳鸯说："左边是个大长五。"薛姨妈便说："梅花朵朵风前舞。"两朵梅花，仍是象形。即至鸳鸯又说："左边一个天。"黛玉说"良辰美景奈何天"，那便是凑韵了。鸳鸯把三张合起来说的，也是象形的话。如与湘云合说的，左边"长幺"，右边"长幺"，中间"幺四"，鸳鸯说："凑成一个'樱桃九熟'。"因为九个都是红点，所以比喻得极为形象。

我那本失落的"牙牌酒令"的书，书名虽然忘记了，但内容还记得几则。它是每三张一副，用一句唐诗来标示，每副都极为形象，单就酒令论，自然是颇见慧心，较之红楼故事，也是有过之而无不及了。下面介绍几副看看。

比如右边一张"幺五"，中间一张"花九"，按四点在上、五点在下的位置摆着，右面又是一张"幺五"，这样下面一排都是白色五点，上面一排都是朱红点子，编者在右上角题着："林花着雨胭脂湿。"十分神似，颇见匠心。

又如左面一张"人牌"，中间一张二、三"五点"，右面一张"长三"。"长三"斜看很像一条船，角上题着杜诗："野航恰受两三人。"十分巧妙。

又如并列两张长三，再加一张三、六"花九"，一共五排斜列着的三点，好像一根链条，边上六点像是坠着一个重物，右上题着"千寻铁索沉江底"，真是再形象也没有了。

又如中间一张"人牌"，左、右两面一边一张"金屏"，上面一排三张都是四个红点，十分仪容华赡，左右象征两扇屏风，好像是贵妇人坐在中间。因而这副牌便用象征性的手法题了一句诗："只似人间富贵家。"

其他还有许多非常巧妙的副子，诗句题得极为形象，只是记不完全了。记得有一页题作"三月正当三十日"，当时朋友们看了，没有一个不拍案叫绝的，而现在却事隔多年，想来想去也想不齐全了。一本小书，得失之间，本来无所谓，而对于一个有点癖好的人说来，却老是念念不忘。一是可惜这样一册印刷精美的书，现在不知流落何所，或者早已变为灰烬了，真是可一而不可再，再想得到，那真有些老和尚看嫁妆之感了。二是失落了这样一本书，也不能在写《金鸳鸯三宣牙牌令》时，提供出生动的资料，更惋惜没有很好利用这本书了。说来说去还是书，正是稼轩词所谓"百药难医书史淫"了。

古人吃酒行酒令，谓之"觞政"。把它比作政治，可见是很不简单的。所以鸳鸯女说"酒令大如军令"，是颇有一点运筹帷幄的气概，实际也还是所谓的文人雅戏罢了。本来酒令、酒筹，在唐代就很时兴了。唐人传奇小说中有"春来无计遣春愁，醉折花枝当酒筹。忽忆故人天际去，计程今日到梁州"的诗句。诗中很形象地谈到了"酒筹"。又唐人笔记中曾记载薛涛与成都西川节度使杨骈行酒令的故事。酒令规定：说令时要说一字，此字要形象所说之物，又要能押韵。于是骈自云："口有似，没量斗。"

薛涛接着说："川有似，三条椽。"

口、斗押韵，川、椽押韵。杨骈问薛涛："川字的一笔弯曲怎么办？"意思是不像。这时薛涛便讽刺他道："相公为西川节度使，尚使一没量斗；至于穷酒佐，三条椽只有一条曲，又何足怪？"这是有关酒令的一个很古老的小故事。至明、清之后，酒令的花样越来越多，编出各样有关酒令的书。但是这些酒令，除去最普通的"拇战"，也就是俗名的"划拳"而外，其他总是文绉绉的，多少要有一点旧文化的基础，才能行酒令。不然真连薛蟠也不如了。由于这是一种近似文字游戏的事，所以行酒令也常常被编成嘲笑不读书的人的笑话。据说有一家三个女儿，找了三个女婿，大女婿、二女婿都是秀才，只有三女婿不大认识字，是个土财主。三女儿觉得很丢面子，不愿意女婿一同娘家去。这天丈人过寿，大家非去不可，便都去拜寿吃酒。丈人看着三个女婿、三个女儿团团坐定，十分高兴，便提议行个酒令，要说两句古书，句头句尾都是"人"字音，以象征小夫妻二人团团圆圆，说了吃杯酒，说不来罚酒三杯。大女婿先说："仁能弘道，非道弘仁。"大女儿听丈夫说得很好，自然很得意。二女婿接着说："仁者安人，智者利人。"也说得很好，二女儿也很得意。轮到三女婿说了，三女婿脸红脖子粗："人人……"半天也说不上来。三女儿很难为情，狠狠地在她丈夫腿上拧了一把，三女婿又痛又急，不由得随口说道："人不拧你，你偏拧人！"一下子引得大家哄堂大笑。好像是第二十八回所写薛蟠"登时急的眼睛铃铛一般"，说出"绣房钻出个大马猴"来了。

《红楼梦》中写到酒令的地方很多，最繁复的要数第六十二回湘云所要求说的酒底、酒面，要一句古文、一句旧诗、一句骨牌名、一句曲牌名，还要一句时宪书上的话，共总成一句话。黛玉替宝玉说的那则是："落霞与孤鹜齐飞，风急江天过雁哀，却是一枝折脚雁，叫得人九回肠，——这是鸿雁来宾。"

众人听了，都说他的令比别人唠叨，倒也有些意思。一说一大串，的确是好玩的。对于现代读者来说，这似乎是很难的了。其实在当时，这种文字游戏，也还是很普通的。说的古文、唐诗，都是做小学生书房读熟的。骨牌名，就是指三张一副的名称，曲牌就是明、清人们常唱的。时宪书就是"皇历"，俗名"历本"，家家每年买一本，里面的一些话，也是人家口头记熟的。当时人们从小读书讲究背，养成特殊记忆力。这些平时都记在脑中，脱口而出，是不费力的，难得是说得这样圆满流畅。其实这样的酒令，也并非曹雪芹独创，在社会上也是常见的。下面引一则《清朝野史大观》中《清朝艺苑》内记陈眉公的故事：

> 陈眉公在王荆石家，遇一宦问荆石曰："此位何人？"曰："山人。"宦曰："既是山人，何不到山里去？"盖讥其在贵人门下也。俄就席。宦出令曰："首要鸟名，中要四书二句，末要曲子一句合意。"宦首举云："十姊妹嫁了八哥儿，八口之家，可以无饥也；只是二女将谁靠？"眉公曰："画眉儿嫁了白头翁，吾老矣，不能用也；辜负了青春年少。"合座称赞，宦遂订交焉。

把这两则，如湘云等说的比较一下，似乎更见巧思。看来如单从酒令评，陈眉公几乎又要胜过湘云姑娘了。

吃　茶

　　有人写文章，说到《红楼梦》中喝茶的事。这本来是个很好的题目，但读者不谙于旧时的风俗，所以说来说去，未说到点子上，不唯有隔靴抓痒之感，而且看了很使人气闷，感到太可惜这个题目了。

　　说到吃茶，在我国可谓源远流长。不要说《诗经》中"谁谓荼苦，其甘如饴"等那样的老话了，即以唐代陆鸿渐的《茶经》、卢仝的"七碗"说起，那也都是一千几百年前的旧事，要说也是说不胜说的了。而这里要把范围大大地缩小，只说《红楼梦》中的吃茶。这是二百来年前的旧事，上接明代末叶，下启清朝后期。正是这个时期的吃茶情况，未说之前，先要分分类。第四十一回妙玉说：

> 岂不闻："一杯为品，二杯即是解渴的蠢物，三杯便是饮驴了。"你吃这一海，更成什么？

这虽是玩笑的风趣话，但却也反映了当时吃茶的实际情况。因而要把《红楼梦》中吃茶来分分类，大约可分这样几种：一是品茶，这就是妙玉在栊翠庵中请宝玉、黛玉、宝钗三人吃的。二是家常吃茶，这个很多，吃完饭，吃杯茶，按照第三回所写荣国府的规矩，先是漱口的茶，"然后又捧上茶来，这方是吃的茶"。半夜口渴了，吃杯茶，第五十一回写宝玉要吃茶，麝月"向暖壶中倒了半碗茶，递给宝玉吃了，自己也漱了一漱……"第二十四回写宝玉要喝茶，叫人没有，"只得自己下来，拿了碗，向茶壶去倒"。三是礼貌应酬茶，在这点上我国南北的习惯基本相同，客人来了，不管客人口渴不渴，这是礼貌。第二十六回写贾芸来看宝玉，袭人送茶与他，"只见有个丫环端了茶来与他"，贾芸笑道："姐姐怎么给我倒起茶来？"第二十四回贾芸找宝玉，没有见到，临走时，焙茗道："我倒茶去，二爷喝了茶再去。"四是饮宴招待茶。第三回写黛玉初到贾府见到凤姐后，"说话时，已摆了果茶上来，熙凤亲自布让"。第七回写宝玉初见秦钟，"一时捧上茶果吃茶，宝玉便说：'我们俩个又不吃酒，把果子摆在里间小炕上，我们那里去，省了闹的你们不安。'于是二人进里间来吃茶"。第十九回写宝玉到了袭人家，"又让他上炕，又忙另摆果子，又忙倒好茶"。五是风月调笑茶。第十五回写馒头庵中故事，宝玉对秦钟说："你只叫他倒碗茶来我喝，就撂过手。"秦钟没法，真叫智能倒碗茶来，"智能走去倒了茶来。秦钟笑说：'给我。'宝玉又叫：'给我！'智能儿抿着嘴儿笑道：'一碗茶也争，难道我手上有蜜？'"第二十六回宝玉在潇湘馆，"只见紫鹃进来，宝玉笑道：'紫鹃，把你们的好茶沏碗我喝。'……"六是官场形式茶，第十三回秦可卿办丧事，大明宫掌宫内监戴权来上祭，"贾珍忙接待，让坐至逗蜂轩献茶"。第三十三回写贾政接待忠顺亲王府里的来人，"出来接见时，却是忠顺府长府官，一面彼此见了礼，归坐献茶"。……

以上粗粗分，分了这六种，如果细拣《红楼梦》全文，那还可以再分几种，不过那没有必要了。如把这六种再归纳一下，那便可以得出这样的结论：一是生活的吃茶，口渴吃茶，客人来了倒茶；二是势利的吃茶，官来献茶，客去端茶；三是艺术的吃茶，像是妙玉那样。

第一种生活的吃茶，是很好理解的，同我们今天实际生活的距离并不大。即使在现在，南北各地，客人来了，总得倒杯茶。而且在江南，茶已成了"水"的代名词，如果放茶叶，倒要叠床架屋，叫"茶叶茶"，放糖的白糖水叫"糖茶"。所以，在今天生活上的茶还是很普通的，自不必多说。只是《红楼梦》中有一点，现在生活中并不强调的，就是吃"果茶"。现在有外国说法，叫"茶话会"，一般人都懂，是有茶、有点心吃。再有到过西洋的人，爱说英国人下午吃茶点的习惯，而对故国的"果茶"，却很少有人注意，更很少有人知道了。数典忘祖，日甚一日，说起来也是不胜感叹的。过去有所谓"果茶""果酒"，这个"果"

（清）钱慧安《煮茶洗砚图》

是广义的，既包括苹果、梨子等鲜果，也包括核桃、栗子等干果，还有方酥、托糖、麻片、焦桃片、麻糕等小点心，即所谓的"茶食"。现在说到"果"，一般人理解只是鲜果，对于干果已很少有人理解，对于小点心叫"果子"，更少人能懂。北京过去把油炸鬼叫"果子"，这在四十年前还是很普通的，现在则油炸鬼、果子都没有了。在日本，老式点心都叫"果子"，点心铺叫"果子屋"，不过现在如何，也不得而知，大概也都叫"外来语"代替了。当时吃果茶，吃果酒，摆上来的食品叫"果盘"。宝玉过生日，四十只盘子，并不是荤菜，也是这种"果盘"。干果香脆的大多是油酥桃仁、杏仁、松子仁、榛子仁、核桃仁、甜的糖核桃、花生沾、麻片、寸金糖、甜咸五香的煮栗子、五香花生、鹅脯、肉干、肉枣等，蜜渍的山楂、蜜枣、榲桲、法姜、青梅、糖莲子、瓜条等，鲜的如鸡头米、鲜莲子、鲜菱角、鲜核桃仁等，带壳的如桂圆、荔枝等，制成糕的如山楂糕、豌豆黄、芸豆糕、扁豆糕、山药泥糕、栗子糕、槟榔糕（槟榔屑和饴糖制成）、枣泥糕等等，奶制品如奶卷、奶乌他、水乌他等。南方叫茶食店，北京叫"果局子"，得硕亭《京都竹枝词》云：

内城果局物真赊，兼卖黄油哈密瓜。我到他乡
犹忆食，山楂糕与奶乌他。

原注云："即酥酪也，乌他系清语，叶韵而已，并
非本字，不为出韵。"

说明白"果"，才能理解"果茶"的内容，大抵
是"果酒"只备果而不备菜肴，较之筵席简便。"果
茶"只备果与茶而无酒，较之果酒更为简便。不过有
时果茶是正式酒筵的前奏。在清代大筵席，或接待娇
客，如第一次女婿上门、会亲家等，在筵席之前，都
要先吃"果茶"或"果酒"。"百本张"子弟书《梨园
馆》云：

忽听的一声摆酒答应"是"……察着当儿许
多冰碗，照的那时兴果品似琉璃，饽饽式样还别
致，全按着膳房内派点心局……说"吃饭罢"，小

厮们忙把残杯撤，顷刻间果酒端开摆上席。

从这通俗文学的资料里，也使我们看到当年"果酒""果茶"的情况。所谓"果茶"，用现在简单的话说，就是"茶点"，喝茶吃点心，吃茶食而已。但现在把这作为正式接待客人的方式，已经不多见了。过春节时，客人来了，吃粒糖，吃点花生，可能还是这种果茶的遗意吧。

势利的吃茶，这是清代官场中一种特殊规矩。官吏见客，分宾主上下首坐定之后，差役照例用盘子端两个盖碗茶来。下有茶托，中有茶盅，上有茶碗盖。主客面前分放一碗，不管上级见下级或下级见上级，都是照例不吃。客人一告辞，或主人不愿多谈，催客人走，照例左手把茶托端起，右手一按茶碗盖，用以示意，差役马上向外高呼："送客!"这就叫"端茶送客"。这两杯茶，是从来不喝的。如熟人，让到其他房间，脱去官服，瀹茗谈心，那又当别论。这种"端茶送客"式的势利吃茶，则早已没有，也无必要多说了。

艺术的吃茶，是《红楼梦》中着重写的。这种吃茶，自唐代陆羽著《茶经》而后，经历宋、元，在明末、清初之际，达到了登峰造极的阶段。日本的"茶道"，完全是从我国传过去，而又有所发展的。而在我国，这种吃茶的方式和专门家，似乎已经失传了。或者闽南的功夫茶还有点艺术的吃茶的遗意吧。

艺术的吃茶，首先要讲求四样东西：一是水，二是茶，三是器，四是火。看曹雪芹写妙玉："妙玉自向风炉上煽滚了水，另泡一壶茶。"又写她驳斥黛玉冷笑说："你这么个人，竟是大俗人，连水也尝不出来！这是五年前我在玄墓蟠香寺住着，收的梅花上的雪……隔年蠲的雨水，那有这样清淳？如何吃得！"现在一般读者，读到妙玉论茶的这些言论，恐怕要叹为观止了。觉得人间真有这本事吗？能够连"水"也尝得出吗？茶乡的人论茶时，常常爱说一句话，叫作好茶不如好水。品茶的专门家是一上口就能吃出什么茶、什么水的。曹雪芹写的妙玉论茶，比起真正的精于茶的艺术的专家来，那究竟是隔着一层的。论茶，只说了一个

"六安茶""老君眉"；论水，只说了一个"隔年蠲的雨水""梅花上的雪"；再论"洗茶""候汤""择炭"等等，更是一点也未写，因而从"品茶"本身讲，曹雪芹所写还是不够地道的。从这一点看，他究竟不是江南的雅人韵士。他虽然博学多能，才华盖世，但毕竟还是受到生活范围的限制的。不信试看精于此道的人论茶。明代李日华《紫桃轩杂缀》中论茶者有十数条，现摘录两条如下：

竹懒茶衡曰：处处茶皆有自然胜处，未暇悉品。姑据近道日御者：虎丘气芳而味薄，乍入盅，菁英浮动，鼻端拂拂，如兰初析，经喉吻亦快然，然必惠麓水甘醇，足佐其寡薄。龙井味极腴厚，色如淡金，气亦沉寂，而咀咽之久，鲜腴潮舌，又必藉虎跑空寒熨齿之泉发之。然后饮者领隽永之滋，而无昏滞之恨耳。

天目清而不醇，苦而不螫，正堪与缁流漱涤笋蕨。石濑则太寒俭，野人之饮耳。

李竹懒论茶，说得比较抽象。所说之茶，虎丘、龙井
而外，有天目，即天目山，石濑，即溧阳濑渚。所说
的水是虎丘茶配惠山泉，龙井茶配虎跑泉。龙井茶叶
虎跑水，直到今天不是还是极为有名吗？如嫌李竹懒
所论，过于抽象空泛，再看张宗子的——明代张岱
《陶庵梦忆》中记"闵老子茶"云：

周墨农向余道闵汶水茶不置口，戊寅九月至
留都，抵岸，即访闵汶水于桃叶渡。日晡，汶水
他出，迟其归，乃婆娑一老。方叙话，遽起曰：
"杖忘某所。"又去。余曰："今日岂可空去。"迟
之又久，汶水返，更定矣。睨余曰："客尚在耶！
客在奚为者？"余曰："慕汶老久矣；今日不畅饮
汶老茶，决不去！"汶水喜，自起当炉。茶旋煮，
速如风雨。导至一室，明窗净几，荆溪壶、成宣
窑瓷瓯十余种，皆精绝。灯下视茶色，与瓷瓯无
别，而香气逼人。余叫绝。余问汶水曰："此茶何
产？"汶水曰："阆苑茶也。"余再啜之曰："莫绐
余，是阆苑制法而味不似。"汶水匿笑曰："客知是

▶ （清）佚名《栊翠庵品茶》

▼（元）钱选《卢仝烹
茶图》（局部）

何产?"余再啜之曰:"何其似罗岕甚也?"汶水吐舌曰:"奇!奇!"余问:"水何水?"曰:"惠泉。"余又曰:"莫绐余!惠泉走千里,水劳而圭角不动,何也?"汶水曰:"不复敢隐,其取惠水,必淘井;静夜候新泉至,旋汲之,山石磊磊藉瓮底,舟非风则勿行,故水不生磊,即寻常惠水,犹逊一头地,况他水耶?"又吐舌曰:"奇!奇!"言未毕,汶水去。少顷,持一壶满斟余曰:"客啜此!"余曰:"香扑烈,味甚浑厚;此春茶耶!向瀹者是秋采。"汶水大笑曰:"予年七十,精赏鉴者无客比。"遂定交。

这篇文字,没有删截,全文照引。所谓"生长王谢,颇事繁华",而又遭逢"国破家亡"的经历,其对吃茶鉴赏之精,真是到了游刃入无间的神奇境地。读者可以对照此文,来比较第四十一回《贾宝玉品茶栊翠庵》的文字,第一,可以理解到,能尝得出是什么水,这不是神话,而是真实的事情,而且其分析,是非常符合科学原理的。自然,同一座井,静夜打的水自然比白天打的水好，起码没有人打，沉淀的时间长，水自然更清了。第二，可以看曹雪芹对于茶的知识，比之张岱，那当然要差远了。如果让张岱写妙玉论茶这一段，可能会更为出色些。不过，这不能作出假设罢了。第三，可以理解到，我国古代对于艺术的吃茶，也就是今天日本所说的"茶道"，讲求的是多么精到。这都是我国故有文化中登峰造极的东西，失传了是很可惜的。也还应该有这方面的专家出现才是。

明代末年，这方面的人才也真多。文震亨《长物志》中也有不少讲究吃茶的条款，如讲采、讲焙、讲烹、讲煮，讲洗茶云："先以滚汤候少温洗茶，去其尘垢，以定碗盛之，俟冷点茶，则香气自发"；讲候汤云："缓火炙，活火煎。活火，谓炭火之有焰者，始如鱼目为一沸，缘边泉涌为二沸，奔腾溅沫为三沸。若薪火方交，水釜才炽，急取旋倾，水气未消，谓之嫩。若水逾十沸，汤已失性，谓之老。皆不能发茶香"等等。《红楼梦》写妙玉"自向风炉上扇滚了水"，一句话便完，丝毫未及其他，比之张岱、文震亨等人细入毫发的论茶，那未免相形见绌了。贾母说，不吃六安茶，是安徽茶，俗名"瓜片"，所谓"宣州栗子霍山茶"也。妙玉说是"老君眉"，此名不见《茶谱》，似即"珍眉"中之极细者，名"银毫"，乃婺源、屯溪绿茶中之最细者。张岱文中所说之"罗岕"，乃宜兴阳羡茶，即陈贞丽《秋园杂佩》所说的"阳羡茶数种，岕为最；岕数种，庙后为最"是也。闵老子骗他说"阆苑茶"，那是福建名茶。但骗不了他，被他吃了出来。而且连春采、秋采都能吃得出来，那吃口真是太精了。

▶ （明）唐寅《煎茶图》局部

酒越陈越好，茶则是越新越好，《红楼梦》好多地方写到新茶。第五十五回，媳妇们讨好平儿，"一个又捧了一碗精致新茶出来"。第六十二回，袭人给宝玉送茶，"手内捧着一个小连环洋漆茶盘，里面可式放着两盏新茶"。说的都是"新茶"。北京是北方，不出茶叶，哪里来的新茶呢？不要紧，自有人及时送来。北京是天子脚下，天下的好东西都要给北京进贡，而且都是及时地送至，皇亲贵戚家自然也受到赏赐。毛奇龄《西河诗话》云：

　　《燕京春咏》有云："春店烹泉开锦棚，日斜宫树散啼莺。朝来慢点黄柑露，马上新茶已入京。"故事，茶纲入京，各衙门献新茶，今尚循故事，每值清明节，竟以小锡瓶贮茶数两，外贴红印签，曰："马上新茶。"时尚御皮衣，啜之，曰："江南春色至矣。"

杭世骏《颂茶诗》注云：

杭人竟于谷雨前采撷，递送京师，名"马上鲜"。

另据《日下旧闻》引明人陆启浤《北京岁华记》云：

　　　上巳日……播瓜菜种于地；后三日，新茶马上
　　至，至之日，官价五十金，外价三、二十金不一。
　　二日即二、三金矣。

　　从以上这些资料中，可以想见当年北京讲究吃新
茶的情况，原是从明代就有的。自然，这只是围绕宫
廷的一些特殊人物的享受，不要说数十金一斤，即使
二三金一斤，在当时也是相当珍贵，也只有《红楼梦》
中的人物，够得上吃新茶的资格。至于一般人，则不
懂，也讲究不起这一套，只晓得吃吃"茉莉双熏"香
片茶，正像《天咫偶闻》所说，"京师士大夫无知茶
者"了。

腊八粥

　　《情切切良宵花解语，意绵绵静日玉生香》一回在《红楼梦》中是一回大书，是一回细书，是一回情书，前半写宝玉与袭人，后半写宝玉与黛玉。在写黛玉一段中，穿插了一个极有趣的故事，真可以谓之生花妙笔，别出机杼。"庚辰本"在故事结尾"却不知盐课林老爷的小姐才是真正的香玉呢"句后有"脂批"道：

　　　　前面有试才题对额，故紧接此一回无稽乱话。前无则可，此无则不可。盖前系宝玉之懒为者，此系宝玉不得不为者。世人诽谤无碍，奖誉不必。

脂砚斋特别重视这个故事，把它比之于"题对额"，而且认为"前无则可，此无则不可"，看得似乎比"题对额"还重要，可见其意义与作用了。细思之，也的确如此，《红楼梦》中显示宝玉才学之处甚多，并不只靠"题对额"一回书。而讲这样有趣故事的地方却不多，因此说"此无则不可"也。"脂评"之可贵处，这种中肯的见解也是其中之一吧。

在曹雪芹时代，在那种能题联书额的辞章家、四六才子多如过江之鲫的社会里，要找能够写漂亮对联的，那真是车载斗量，要多少有多少；而要找能够这种随口编耗子故事，又穿插在爱情故事中的作者，却是十分不容易的。所以"庚辰本"在"竟变了一个最标致、最美貌的小姐"句下批云："奇文、怪文！"我们读时，在这种地方，也应该感到这真是"奇文、怪文"。而就在这段奇文、怪文中，写了耗子也吃腊八粥，这不真也是奇中之奇，怪中之怪吗？

但是如果仔细想想，耗子也的确是爱吃腊八粥的，腊八粥又是人人爱吃，家家要熬的，惟其如此，所以宝兄便把耗子议事，商量熬腊八粥的故事编出来了。

腊八粥很值得一谈，这里先引几句原文，然后再讲腊八粥的风俗故事。

林子洞里原来有一群耗子精。那一年腊月初七老耗子升座议事，说："明儿是腊八儿了，世上的人都熬腊八粥，如今我们洞里果品短少，须得趁此打劫些个来才好。"乃拔令箭一枝，遣了个能干小耗子去打听。小耗子回报："各处都打听了，惟有山下庙里果米最多。"老耗子便问："米有几样？果有几品？"小耗子道："米豆成仓。果品却只有五样：一是红枣，二是栗子，三是落花生，四是菱角，五是香芋。"……

这个故事一开头就充满了生活、风土气息，说得极为有趣。这一方面是曹雪芹的生花妙笔，一方面也是因为生活的情趣，惹人喜爱，因为腊八吃腊八粥，这本身就是一种古老而有情趣的风俗，作者所写，正是来源于真实的生活的。注意这几点：

一是"庙里"，就是说和尚庙里更重视熬腊八粥。

二是"米豆"，就是说腊八粥，既要有米，又要有豆，而且米贵多种，豆贵多样，米、豆为主。

三是"果品却只有五样"，就是说腊八粥，果品不能只用五样，还要多有几样才好。"却只有"，嫌其少，不足也。

以上三点可以说是熬腊八粥的纲要。因为腊八粥是粳米、糯米、赤豆、芸豆再加八种果料熬成的，首先是和尚庙中为供佛而熬的，然后才普遍到一般家庭里。这是很古老的一种节令食品了，早在宋人笔记《梦粱录》《武林旧事》中就有记载。据《永乐大典》摘抄元人《析津志》云：

是月（旧历十二月，即腊月）八日，禅家谓之腊八日，煮红糟粥以供佛，饭僧。都中官员士庶，作朱砂粥，传闻禁中亦如故事。

这说明元代就以腊月初八为腊八，在这一天煮腊八粥供佛饭僧了。但在宋代吃腊八粥的日期与后来则稍有不同。《日下旧闻》引元人孙国敉《燕都游览志》云：

> 十二月八日，赐百官粥……以米果杂成之，品多者为胜，此盖循宋时故事。然宋时腊八，乃十月八日。

这是说宋时腊八和元以后的腊八在日期上小有差异。按，腊八本是腊月，怎么会在十月呢？可能佛家另有说法，因为和尚有"僧腊"的说法，从受戒出家的日子算起，计算年令。这宋时以十月八日为"腊八"，或者与此有关。不过我们不去考证这个，只是说"腊八粥"。这段记载说"以米果杂成之，品多者为胜"。这就更证实《红楼梦》中所说"果品只有五样"，是极言其少也。那么多少才不少，才比较符合标准呢？世俗习惯，喜欢凑数，"八"才够上标准数，腊八嘛，没有"八样"，哪能够上腊八的标准呢？如果十二样，那就更好，可以上谱了。刘若愚《酌中志》记腊月故事云：

初八日吃腊八粥，先期数日，将红枣捶破，泡汤，至初八日，加粳米、白米、核桃仁、菱米，煮粥，供佛圣前，户牖园树井灶之上，各分部之。举家皆吃，或亦互相馈送，夸精美也。

这是明代吃腊八粥的情况。在清人著作中，关于腊八粥的记载就更多了。富察敦崇氏《燕京岁时记》云：

腊八粥者，用黄米、白米、江米（即糯米）、小米、菱角米、栗子、红江豆、去皮枣泥等，合水煮熟。外用染红桃仁、杏仁、瓜子、花生、榛穰、松子，及白糖、红糖、琐琐葡萄（即葡萄干），以作点染。切不可用莲子、扁豆、薏米、桂元，用则伤味。每至腊七日，则剥果涤器，终夜经营，至天明时，则粥熟矣。除祀先、供佛外，分馈亲友，不得过午。

富察敦崇这段文字介绍腊八粥十分详尽。第一是米、豆、果料极为齐全，白糖、红糖如算一样，则共十六样之多，即生料八种，熟料八种，都是"八"，符合腊八"八宝"之数。因为这种粥，腊八日叫"腊八粥"，平时则叫"八宝粥"，所以配料都有八样之外。所说第二点是经夜经营，天明即熟。这不禁唤起许多人童年的记忆，是十分美妙的。做母亲的催孩子早点睡，说道："快睡吧，明儿早点起来喝腊八粥；太阳一出，再喝，要红眼睛哩……快睡吧，乖孩子！"

这样，便带着甜蜜而温暖的憧憬入梦了，一大早，起来，吃这碗一年一度的香甜而美妙别致的腊八粥，这种生活的情趣，不是也像西方儿童在睡梦中等待圣诞礼物那样地美好吗？

第三点说的"分馈亲友，不得过午"，这也是极有情趣的礼物。北京过去有一种"绿盆"，是一种上了绿琉璃瓦釉子的瓦盆。有的人家，用这种盆，盛上红艳艳的腊八粥，上面用雪花绵白糖撒成"寿"字、"喜"字、"福"字等等，再洒上一点青丝、红丝。如此，亮晶晶的绿釉器皿，红艳艳的粥，雪白的糖，鲜艳的青丝、红丝，相映成趣。因为粥很稠，稍一冷却，表面就结成皮，所以白糖不化，能够达到很好的艺术效果。这样的食品，送到亲友家中，充满了欢乐的艺术生活情趣，却毫无庸俗、雕琢的富贵气息，这才是真正的色、香、味、形、器，五美兼备，又有丰富情趣的精美食品。

不过富察敦崇所说腊八粥中不宜用莲子、扁豆、薏米、桂圆等，"用则伤味"的说法，据我所知，其说似不尽然。桂圆肉一般是不放的，放了稍有苦味。莲子、薏米仁都是可以放的，而且很讲究放这些。有的还放芡实（即鸡头米）。在同时人震钧的《天咫偶闻》中，就记有芡实。可见《燕京岁时记》之说，也并不尽然。

在清代皇宫中仍然继承了明代的传统，十分重视腊八日吃腊八粥。道光帝爱新觉罗·旻宁有一首《腊八粥诗》，收在《养正书屋全集》中。诗是七古，从诗来说，自然不是好诗。但作为史料，亦可见旧时风俗和宫廷生活之一斑，这和《红楼梦》中所写的皇亲贵戚的侈靡生活风尚是很有关系的。现引在下面：

一阳初复中大吕，谷粟为粥和豆煮。

应节献佛矢心虔，默祝金光济众普。

盈几馨香细细浮，堆盘果蔬纷纷聚。

共尝佳品达妙门，妙门色相传莲炬。

童稚饱腹庆升平，还向街头击腊鼓。

从诗中可以看出，重点是说腊八粥是佛教的食品，是清素的。但流传至民间，在一般家庭中，已失去它佛教的意义，成为一种岁时节令、富有生活情趣的精美节日食品了。但在宫廷中，它的宗教意义还是很重要的，

◣ 街头的八宝粥食材

而且还有政治意义。清代《京都风俗志》说："黄衣寺僧，亦多作粥。"所说"黄衣寺僧"就是喇嘛。清代大概自曹雪芹写《红楼梦》时代，雍和宫喇嘛就按定制在腊八日用特大铜锅熬腊八粥了。《光绪顺天府志》记云：

> 腊八粥，一名八宝粥。每岁腊月八日，雍和宫熬粥，定制，派大臣监视，盖供上膳焉。其粥用粳米和糖而熬。民间每家煮之，或相馈遗。

《燕京岁时记》也记云：

> 雍和宫喇嘛，于初八日夜内，熬粥供佛。特派大臣监视，以昭诚敬。其粥锅之大，可容数石米。

从这两则记载中，可以看出，清代宫廷对于腊八粥多么重视，还要派大臣监视熬粥，现在想起来，似乎是很滑稽的事了。但要想到当年那许多喇嘛，准备果料，围着那可容数石米的大铜锅，在灯笼、油灯盏的照耀下，忙乱着熬粥，穿貂褂，戴朝珠、大红顶子、海龙暖帽的大臣隆重地在旁边监视熬粥，这种朦胧的历史画面，不是具有十分神秘感的吗？

正因为清代宫廷十分重视腊八粥，所以影响所及，在皇亲贵戚家中，在北京民间，也都特别重视腊八熬腊八粥。同样腊八这个节日，在江南的重视程度，就远远不及北方，不及北京。江南民间，腊八这天，不一定家家都熬腊八粥，而在北京，一般人家，却是十分讲究这个的。而且一般人很少有不爱吃腊八粥的。这也就是宝玉编这个故事的生活基础，是与当时风俗密切相关的。"庚辰本"在"世上人都熬腊八粥"一句旁，有"脂砚斋夹批"云：

难道耗子也要腊八粥吃，一笑。

这一条不知是否真的"脂批"，但客观上耗子也肯定爱吃"腊八粥"的，因此故事似乎是瞎编的，而耗子爱吃腊八粥，却是真实的。因此这一问、这一笑，也可以说是"一笑"了。

风　筝

　　每年，当院中的柳树吐出半粒米大的嫩芽，便又是孩子们放风筝的时候了。《红楼梦》第七十回有一段描写放风筝的文字，不过普通本子写得比较简单。近阅俞平伯先生据"戚本"和"脂砚斋庚辰本"校样的《红楼梦》八十回本，发现这段文字比普通本子多出五百多字，不只原有情节写得更加细致，而且结尾还多了一段情节道：

　　　　探春正要剪自己凤凰，只见天上也有一个凤凰，因道："这也不知是谁家的。"众人皆笑说："且别剪你的，看他倒像要来绞的样儿。"说着，只见那凤凰渐逼近来，遂与这凤凰绞在一处。众人方要往下收线，那一家也要收线，正不开交，又见一个门扇大的玲珑喜字带响鞭，在半天如钟鸣一般，也逼近来。众人笑道："这一个也来绞了。且别收，让他三个绞在一处，倒有趣呢。"说着，那喜字果然与这两个凤凰绞在一处。三下齐收乱顿，谁知线都断了，那三个风筝飘飘飖飖都去了。众人拍手哄然一笑，说："倒有趣，可不知那个喜字是谁家的。忒促狭了些。"

这段文字十分精彩，可能是对探春远嫁的很形象的暗示吧。而更可喜的是，连前面一大段文章，也俨然是一篇大观园放风筝的特写。

这段文字由于把放风筝描绘得很细致，所以有关放风筝的术语也不少。有些比较特殊的，不加注解，恐怕有的读者就不易了解了。如前面有几句说：

一时，小丫环们又拿了许多各式各样的送饭

的来，顽了一回。

什么叫各式各样送饭的呢？实际这"送饭的"，与真的饭是毫无关系的。它也是一种特殊装置的小风筝。放风筝时，把大风筝放起之后，再把这个小风筝挂在大风筝线上放上去，这就叫"送饭的"。这种小风筝，中间有一个轴，左右两半片是活动的，像昆虫如蝴蝶等的翅膀，可张可合。放时把背面的弓子拉紧张开，在系弓子的棉线上绑一个小爆竹，再扎上半段点燃的线香，弄好后，把横竹片上的小钩挂在大风筝的线上，顺线推出丈许，放手后这个小风筝便离地约二丈高，这时小风筝在微风中，像是吃饱了风的船帆一样，顺着大风筝的线便扶摇直上了。慢慢在靠近大风筝时，线香刚好燃到爆竹芯子边上，爆竹在半空中"啪"的一声响了，弓子线断了，小风筝的两半片便自然合拢，像蝴蝶合翅一样，于是，顺着线又滑下来，这便完成了"送饭的"的使命。制成蝴蝶形的叫"蝴蝶送饭"，即便不是蝴蝶形也统称之曰"蝴蝶送饭"。因其不论糊扎及彩绘成何种形状，其翼开合仍如蝴蝶。似乎书中的"蝴蝶装"一样，这是象形的叫法。但糊扎彩绘形状不同，如小沙燕、蜻蜓等都可以，所以说"许多各式各样的送饭的"。

一般的"送饭"，张开把弓子绷紧，结有一尺多宽。当然根据所放风筝大小，还可以制成大一些的"送饭"。不过不管所放风筝如何式样，能带得动"送饭"的风筝，总是要大一些的。不但大，而且放风筝的线也要十分考究。一般的三股风筝绳子也要中间没有结的；再考究些，这线要用蜡打过；特别考究的要用"三合蜡绳"，即一股丝、一股麻、一股线拧在一起的蜡绳。绳子越光滑，"送饭"的滑钩越容易滑动，上下都快。一边放风筝，一边把"送饭"送上去，"啪"的一声，又滑了下来，是十分好玩的。如果在夜间放风筝，还可以把点好蜡烛的小红纸灯笼当"送饭的"放上去。在漆黑的夜空中，看不见风筝，只望见一盏小红灯闪烁着，倒也怪有意思。

又如前面引文中所说：

▶ （清）金廷标《儿童斗草图》

擲丸鬥勝
婦女手持五丸且擲且承曰抓子
兒丸用象木銀礦為之顏人輕捷

▼（清）黄鉞《掷丸斗胜》（局部）

又见一个门扇大的玲珑喜字带响鞭，在半天如钟鸣一般，也逼近来。

什么是"响鞭"呢？这不是牧童的响鞭，而是像胡琴弓子一样的东西，系在风筝背后，系一只或两只，风筝放起来之后，风吹弦响，呜呜作声。所说像"钟鸣一般"，是十分形象的，旧时庙堂打钟后的余音久久不息，确如风筝的"响鞭"。富察敦崇《燕京岁时记》说：

有带风琴锣鼓者，更抑扬可听，故谓之风筝也。

所说"风琴"，也就是"响鞭"，俗话还叫"弓子"。至于说带锣鼓，因未见过，不便妄说。然颇值得怀疑。鼓或者像风车上的小鼓，可能带在风筝上，放起来借风力拨弄打鼓，道理和风车是一样的。至于"锣"，是铜玩艺儿，不用说堂锣，即使小锣，怕也很难带动，而且在空中又如何敲打呢？揣情度理，实在难以想通。

再如前面写宝玉放风筝，放不起美人风筝，气得骂风筝道：“若不是个美人，我一顿脚跺踏个稀烂。”黛玉笑道：

那是顶线不好，拿了去另使人打了顶线就好了。

什么是“顶线”？为什么顶线不好就放不起来？原来风筝关键不在于形体，最主要的在于从风筝骨子中间视大小选择的三点，距离适当，成等边或等腰三角形，如“品”字般，再从三点系三根细线，总结一根风筝线上，长短、倾斜度亦视风筝形体和大小而定。三线汇总兜风扯直，成一三角锥柱体，风筝便扯平在一定倾斜度上，这三根细线就叫“顶线”。顶线的位置、长短、倾斜度正好，风筝便斜度适当，就容易放起来，放起来也稳定。否则，便不易放起。即使勉强放起，也不易平衡、稳定，稍一不慎，便从半空中倒栽下来了。旧时北京最便宜之风筝，沙燕形，只黑白二色，儿歌云：

黑锅底，真爱起；一个跟头栽到底！

反复歌唱，其音如在身边，思之恍如梦寐。盖风筝放在高空，扶摇得趣，自是很好，而突然风向变化，失去平衡，一翻跟头，那就要一落千丈了。

再如前面所说："看他倒像要来绞的样儿。"什么叫绞呢？就是故意同其他放风筝的人开玩笑，风筝放在高空，线还操纵在放的人手中，你放他也放，空中的风筝大家看得见，而放的人可能在另一个园子中，隔着墙便看不见。这时你不停地操纵手中的线，使空中的风筝不停地逼近别人的风筝，他如放的技术高明，在你将要绞住他的时候，他的风筝巧妙地逃掉，你在绞的时候，把线拉得过猛，而又一下绞空，那你的风筝便极容易一下一个跟头栽到底了。如绞住别人的，大家一起收绳，他的绳先断，或你的绳先断，或大家一起断，这些情况之下，风筝都难再收回来。即使别人的先断，那个风筝如和你的纠缠在一起，便也要失去平衡落下去，或者挂在树上了，放风筝的人，对于这个，是不计较损失的，因为这也正是放掉了"霉气"。放风筝时绞风筝，这种有趣的游戏，也是古已有之的。南宋周密《武林旧事》"西湖游幸篇"中说：

> 桥上少年郎，竞纵纸鸢，以相勾引，相牵剪截，以线绝者为负，此虽小技，亦有专门。

可见这个"像要来绞的样儿"，不但是很古老的风俗，而且北至北京，南到杭州，南北也是相同的啊。

风筝，区区儿童耍货，而在我国，不但历史悠久，同时发展为一种精美的民间工艺品了。小时候在北京，正月里逛厂甸，看见那些五彩缤纷的大风筝，常留恋不舍离去。后来索性自己动手，虽然画不出五彩大凤凰，却也能自制大型的"九条雁"了。近见《人民画报》刊登了不少五彩风筝照片，是画家马晋先生的作品，感到十分可喜。唯过去文学作品中写到风筝的还感不够，不是借题发挥，就是作个线索，即使接触到风筝本身，往往也很简略。倒是《红楼梦》这段文字，把风筝写得有声有色，实在不可多得。这不仅是文学作品中的好材料，实在也是民间工艺史、民俗史中的好材料。

附记：

在我这些谈《红楼梦》中有关生活、风俗、长物等小文章中，这篇是最早发表的，刊登在一九六二年三月间《光明日报》的副刊《东风》上，那已是二十多年前的事了。这次稍作补充，编入《识小录》中。一九七九年日本红学家伊藤漱平氏在其《论曹雪芹晚年的"佚著"》一文中，引用了我这篇短文中结尾的一段话，这不只是值得珍视的文字之缘；同时在重视这段描写风筝的文字的历史意义上，观点也是一致的了。这自然更是可喜的。

我的这篇小文，很自然地要联系到近年来盛传的"曹雪芹的佚著"，尤其是其中的《南鹞北鸢考工志》的内容。而在我写这篇小文的时候，所说的《废艺斋集稿》尚未发现，因而我不可能联系到这部轰动一时的著作。在我那篇短文发表后十年，吴恩裕先生关于"曹雪芹佚著"的大文章在《文物》上发表了，又登出了《南鹞北鸢考工志》中风筝图式的照片。当时因为我自己的书籍、资料、旧稿等统统没有了，只有凭记忆阅读了吴先生的文章，感到十分亲切、熟悉而已。现在整理旧稿，又把吴恩裕先生的文章仔细阅读了一遍，感到《南鹞北鸢考工志》一书，与曹雪芹氏有关系，是十分可能的。虽然不能百分之一百说就是他的著作，因为我还没有有力的证据，但我所说的可能，是根据三点推论的。

一是前面所说的这回书中的描绘，虽说过去会放风筝的人很多，但是能把风筝所有的术语、关键都能用文字说清楚，那也是不简单的。必须自己会扎风筝，有些实际的操作经验才能写清楚。根据第七十回的文字看，曹雪芹是很会扎风筝的。当然，当时北京的旗人，最讲究吃喝玩乐，而且有耐心调马喂鸟、驾鹰弄狗、玩风筝、玩空竹，精于此道的，可以说是代有名家，多得很。所以说，曹雪芹会扎风筝，并不稀奇。不过话又说回来了，在当时能写出《南鹞北鸢考工志》这样书的人，也还是不稀奇的。

二是从《南鹞北鸢考工志》的内容来稍作分析。《考工志》在每个风筝格式后有画法说明、有口诀。它的最大的成就，是色彩上的成功。我们知道色彩是一种专门的学问，过去绣花的人常说一句话道："绣花容易配色难。"《考工志》在各个风筝配色上有独到之处。这和《红楼梦》中好多地方讲到色彩时，尤其是第三十五回《黄金莺巧结梅花络》中谈到的色彩有相通之处。还有《考工志》中的口诀，如什么"新燕至秋羽初丰，貌似少年弱冠容，黄口犹存童稚意，青衿已具成人形"等等，在诗格上颇似"花谢花飞飞满天，红消香断有谁怜"等等。这种诗，装点在故事中，都是绝妙好词，而只作为诗来读，其格则易于流俗，仔细分析，这里面可说的很多，这先只谈一点感觉。

三是我小时在厂甸看风筝，最注意的是"哈记风筝"，每年正月厂甸庙会时，他家的风筝在西琉璃厂东

▶ 街边的风筝摊

口路北一家粥铺展览出售，这时粥铺停业。他家的地点正是十字路口，几乎可以说是海王村的中心，是最热闹的。这也就是吴恩裕先生文章中说到的"哈魁明家"。我当年看哈记的风筝，不是看一眼就走了，而是挤在人堆里反复地看，一看就是个把钟头。正月里半个多月，厂甸，我不知要去看多少次。另一家在师大一附小南面，电话局门口，因为露天挂在墙上，天气太冷，我不大去看。哈记在路北的店堂中，比较暖和，所以我总是在他家看。那时很少有考究的小风筝，小的二尺以下的，都是"黑锅底"之类的便宜货，卖给小孩子玩的。考究的风筝都是比较大的。五尺、六尺的蝴蝶、沙燕等，据我所见，架子都是用藤条扎的，都是用绢糊的，色彩都是铅粉朱标、洋蓝、洋绿、胭脂等，极为鲜艳。售价都在十到十五元之间，以黄金折算，好的要合到一钱到二钱金子，也是相当贵的。风筝的尺寸，最大有到丈二的。近人沈太侔《春明采风志》有一段记风筝的，亦足参考。文云：

　　风筝摊，即纸鸢也。常行沙燕，一尺以至丈二，折竹作架，纸糊，绘青蓝色，中安提线三根，大者背着风琴，或太平锣鼓，以索绕鑋，顺风放起，昼系纸条，夜系红灯，儿童仰首追逐……三尺以上，花样各别，哪吒、刘海、哈哈二圣、两人闹戏、蜈蚣、鲇鱼、蝴蝶、蜻蜓、三阳开泰、七鹊登枝之类。其最奇者，雕与鹰式，一根提线，翱翔空中，遥睹之，逼真也。

所说"雕与鹰式",在吴文刊出时,也曾登过雕头、鹰头的照片。都是《考工志》图谱中的,也是哈记风筝铺出售的。风筝有硬翅、软翅二种,这鹰、鹞、雕、蜻蜓等都是软翅的。哈记是祖传卖风筝的,祖祖辈辈手艺相传,守着图谱过日子,年年正月里在厂甸卖风筝。他家据说住在石虎胡同内果匣子胡同,是个极小的胡同,房子也是很小的院子,世世代代守着祖业。他们是回族,回族对老年人尊称曰"爸",所以在清代二百来年中,西城单牌楼一带,都知道"哈爸风筝"。曹雪芹工作过的右翼宗学,就在石虎胡同,与果匣子胡同近在咫尺。曹雪芹当年与老辈的"哈爸"有所来往,或告诉他如何糊制风筝,或当时的"哈爸"借曹雪芹的稿本去抄录,这种情况,都是极有可能的。根据以上三点,我对《南鹞北鸢考工志》是否出自曹雪芹手,在尚无有力证据之前,固不能全然肯定,但也是不能轻易否定的。

游　戏

　　写大人的作品，不一定写到游戏，写孩子的作品，却不能不写到游戏。《红楼梦》本不是写儿童的作品，但却有大部分笔墨写到女孩子们的生活。这些女孩子们虽然都处在封建势力的压迫下，遭遇大都不幸，但孩子毕竟是孩子，正是所谓"混混沌沌，天真未泯"的时候，都是些十三四、十五六岁的小姑娘，哪个能不喜欢游戏、耍笑、淘气呢？因此，《红楼梦》作者也就免不了要在许多地方，写到大观园内女孩子们的游戏、耍笑、淘气了。成年人去刻画孩子们的形态、心理是不容易的，传统的诗文中很少有这样的先例，偶然写到孩子也往往带着说教的口气，实际上写的不是孩子，而是他自己；甚而说，也不是他自己，而是他为了某种目的，有意编造的拙劣的瞎话，这自然是没有价值的。而《红楼梦》作者却能在这一点上，显出他特有的艺术才华。有时一句话，就能力透纸背，传神阿堵，把儿童的天真神态写出来，这是《红楼梦》最令人拍案叫绝的地方。第四十七回写贾母因贾赦逼娶鸳鸯的事，和邢夫人生过气，又要找薛姨妈斗牌，让小丫头去请，薛姨妈推辞不来。那个丫头说：

> 好亲亲的姨太太、姨祖宗！我们老太太生气呢！你老人家不去，没个开交了。只当疼我们罢！你老人家怕走，我背了你老人家去。

尤其最后两句，读之真使人热泪欲下：这样天真可爱、口齿伶俐的小丫头，未来如何呢？这种地方是曹雪芹最见功力的笔墨，其才华可以媲美太史公的。不过我这里先不作艺术的评论，主要先谈谈儿童游戏的事。因为写儿童最生动的地方，是要从当时的风俗、游戏中表现其口吻、神态，而《红楼梦》在这方面是最出色的。下面就结合一两桩小游戏谈谈。

先说"斗草"。

"斗草"是我国很古老的游戏了。晋人宗懍《荆楚岁时记》说：

　　　　五月五日，市民并蹋百草，又有斗草之戏。

《事物纪原》中引此数句时，并云："竞采百药，谓百草以蠲除毒气，故世有斗草之戏。"宋人龚明之《中吴纪闻》中说：吴王和西施当年曾作斗草之戏，故刘禹锡诗有"若共吴王斗百草，不如应是欠西施"句。宋人周密《武林旧事》中所辑《张约斋赏心乐事》篇中，有"四月孟春，芳草亭斗草"一条，均可见这种游戏在我国流传是很久远，而且是由"采百药"开始的。它有认识自然、提高知识、创造科学的积极意义，虽然是一种小小的游戏，但与民族文化的发展也是大有关系的。宋以后，斗草普遍是女孩子们的游戏了，宋人小词云：

巧笑东邻女伴，采桑径里逢迎。还道昨宵春梦好，原是今朝斗草赢，笑从双脸生。

从这首词中，更可以反映出，斗草是古代在暮春、初夏的季节里，民间女孩子玩的一种既有意义又有趣味的游戏。可惜历代诗文的记载太简单了，到底如何个"斗"法，我们读了古人的诗文，仍然是无从知道的。而这个在《红楼梦》中，却有极生动的描绘。第六十二回写道：

外面小螺和香菱、芳官、蕊官、藕官、豆官等四五个人，都满园顽了一回。大家采了些花草来兜着，坐在花草堆中斗草。这一个说："我有观音柳"，那一个说："我有罗汉松"，那一个又说："我有君子竹"，这一个又说："我有美人蕉。"……豆官便说："我有姊妹花"，众人没了。香菱便道："我有夫妻蕙。"豆官说："从没听见有个夫妻蕙。"香菱道："一箭一花为兰，一箭数花为蕙。凡蕙两枝上下结花者为兄弟蕙，有并头结花者为夫妻蕙。我这一枝并头的，怎么不是?"豆官没的说了，便起身笑道:"依你说，若是两枝一大一小，就是老子、儿子蕙了;若是两枝背面开的，就是仇人蕙了。你汉子去了大半年，你想夫妻了，便扯上蕙也有夫妻，好不害羞。"……

这段文字，绘影绘声，口吻毕肖，把一群女孩子们斗草时的情态笑貌，写得传神极了。场面虽小，却显示了艺术大师的浑厚笔力，是不可忽视的。这不只是小说的场景，文学的画面，也还是民俗学的重要资料。按，斗草与踏草是连在一起的。明代余有丁《帝京午日歌》云:

……

买笑追欢日不足，喧过通衢喧水曲。

蹋归百草毒可禳，系出五丝命可续。

……

这种诗句可以和《红楼梦》的描绘参照来看，可以更形象地了解当年的风俗面貌。"斗草"这种游戏，不知现在各地还有没有了，我没有亲见过，不便乱说。不过能看到曹公这样精彩的描绘，似乎也等于亲眼目睹了。

再说"抓子儿"。

第六十四回中写宝玉回到怡红院来，一进房门时道：

只见芳官自内带笑跑出，几乎与宝玉撞个满怀。一见宝玉，方含笑站着，说道："你怎么来了？你快与我拦住晴雯，他要打我呢！"一语未了，只听屋内嘻溜哗喇的乱响，不知是何物撒了一地……进入屋内看时，只见西边炕上麝月、秋纹、碧痕、紫鹃等正在那里抓子儿，赢瓜子呢。却是芳官输与晴雯，芳官不肯叫打，跑了出来，晴雯因赶芳官，将怀内的子儿撒了一地。

这段也写得十分精彩。"抓子儿"也是我国女孩子们特有的游戏，白发老祖母小时玩过的游戏，梳了小红抓髻的孙女又在玩……代代相传，历史也颇久了。明人刘侗、于奕正《帝京景物略·春场》中正月条下记云：

是月也，女妇闲，手五丸，且掷、且拾、且承，曰抓子儿。

这种游戏，直到现在南北各地的女孩子们还常常玩，南方叫作"摸子"。所说"且掷、且拾、且承"，六个字把抓子儿时的动作写得很是简明扼要。不过所说"手五丸"，却不尽然。因为现在抓子儿不只是"五丸"，而且也并非完全是"丸"了。有用小石子的，有用杏核、桃核的，还有用小布口袋，内装沙子，或装碎米的。盖大抵都是孩子们就地取材，原无定具的。玩时把手中的一把"子儿"先向空中一掷，反手接住其中一枚。再把接住的这枚掷起，趁未落之际，很快抓起下面的子儿，还要把掷起的再接住。抓下面子儿时，有一定的规矩，有时第一次抓起一枚，第二次抓起二枚，递增上去，直到抓完为止。有时抓这个不能碰那个，抓这边不能碰那边。有时要隔几个抓几个，或一把都抓起。限制不同，玩法多样，是很有趣的。尝见眼明手快的小姑娘，一把掷下来，密密麻麻，她却能要抓哪个就抓哪个，要抓多少就抓多少，随掷、随抓、随接，既快且准，真像杂技演员表演掷木球时的手法一样。

抓子儿人多人少都能玩，抓不起、接不住，或者碰了其他子儿，都算输，输了是要受罚的。前引《红楼梦》原文中所说"赢瓜子儿"，就是一种罚约。不过这不是真的瓜子儿，是指甲盖儿的代名词，输了要被赢家用指爪弹脑门儿，所以才有"芳官不肯叫打"之说。如果是赢真的瓜子儿，那又何必用打呢？

《红楼梦》是小说，《帝京景物略》是民俗、风土介绍，曹公与刘、于二位相去不远，都写到了"抓子儿"，可见这在当时已是很普遍的游戏了。绵绵三二百年来，直到今天，仍然为孩子们所喜爱，不是很有意思的吗？虽一儿童游戏之微，也源远流长，不正说明我们民族文化的悠久、富于艺术的创造力吗？而一些昧于祖国民族历史知识的人，也跟着洋人的尾巴乱转，一个"魔方"，能害得他忘寝废食，想来可怜亦复可叹了。

▶ 玩陀螺

　　我国古代说部中，写成人的多，写儿童的少，写儿童游戏的那就更少。能把儿童游戏写得这样生动，那就更是绝无而仅有的了。这在《三国演义》《水浒》《儒林外史》等巨著中是一点也找不到的，蒲松龄写《聊斋志异》，也写到了儿童游戏，如"扎紫姑""交马"（用一根线拴成套子，套在手上对翻，北京儿童叫"翻单单"）等，写得也很细致，但他用的是文言的传神手法，如懂文言，便能领会他高超的艺术情趣。否则，便难领会其妙处了。因之，在这一点上，《红楼梦》可说是独一无二了。所可惜者，大观园中那些聪明、伶俐的孩子们，却都是封建社会的牺牲品，作者以"哀孺子而嘉妇人"的心，越是把她们写得天真烂漫，就越衬出了那个社会的残酷无情，看到她们受到迫害，就更使人发指，更增添了"剖悍妇之心，忿犹未释"的愤怒了。

《红楼梦》这些材料是可贵的。而我们今天，如果写儿童的幸福生活时，不也更该多注意一下孩子们的游戏，把他们天真的欢乐的笑声从游戏中表现出来吗？

烟　火

印刷术、罗盘指南针、火药，是我国历史上的三大发明，这是闻名于世界的。火药，不只用之于国防、战争等等，也为和平生活增加了绚丽的色彩。正月里放烟火，便是其中之一。烟火，具体发明于何时，那一下子很难说清楚，但总之是很早的了。据《西湖志余》载：

> 淳熙十二年元夕，禁中烟火日盛，至二鼓，上乘小辇幸宣德门观鳌山，宫漏既深，宣放烟火百余架，而驾始还。

"淳熙"是宋孝宗赵昚的年号，淳熙元年是公元一一七四，这是南宋初年，在现在八百年前。那时宫中一放烟火就是百余架，可见已经极为普通、发达，技艺也十分高超，这就说明烟火在当时已早就经历了创始和发展的阶段。在历史上有些东西的发展是缓慢的，烟火能达到日盛的阶段，一放就是百余架，这一般不是短时期发展起来的，因之其历史再往前推算一下，那就要有上千年的历史了。

《红楼梦》中描绘荣、宁二府过年，由腊月里的准备工作，直到正月十五元宵后落灯，写了好几回书，写得花团锦绣。其中放烟火，也是一个很好的点缀。故事见第五十四回，文云：

> 贾母笑道……一面吩咐道："他提起炮仗来，咱们也把烟火放了，解解酒。"贾蓉听了，忙出去，带着小厮们，就在院子内安下屏架，将烟火设吊齐备。这烟火俱系各处进贡之物，虽不甚大，却极精致，各色故事俱全，夹着各色的花炮。黛玉禀气虚弱，不禁"劈拍"之声，贾母便搂他在

> 怀内……说话之间，外面一色色的放了又放，又有许多"满天星"、"九龙入云"、"平地一声雷"、"飞天十响"之类的零星小炮仗……

这是曹雪芹所描绘的放烟火的情况，曹公是情景交融，意在写人，写故事，故把黛玉、湘云、凤姐、尤氏等人说笑之情态，穿插在其中。我只说烟火，不谈人，所以把写人的话语都省略了。这段描绘中，有些术语，值得注意。第一是"安上屏架""设吊齐备"二语。烟火以"架"计数，自宋代便如此。但为什么叫"架"呢？这是指放的时候说。因为烟火本身是用纸糊扎成各式各样的东西，正方的，长方的，圆筒状的，六棱柱体的，宫灯形的，宝塔形的，各种各样。但是放的时候，不能放在地上放，也不能提在手中放，一定要吊起来放，而又不能吊在房中，吊在檐前，一定要吊在空旷的地方；如果是四合院，便要吊在院当中：因此要搭架。最方便的架，便是三根杉槁一扎，支起来便是一个三脚架，考究的便要特制成像大插屏架子一样的架，下面有底座，上面有横梁，中间是大门式的一个空洞子，上有铁钩，可吊烟火盒子。如只是一个烟火架子，那便是放了一个再放一个，就像《红楼梦》中所说的："外面一色色的放了又放。"如果再讲究，那便是并列许多架，用药线连起来同时放，那就便要蔚为奇观了。赵翼《檐曝杂记》记圆明园放烟火云：

> 上元夕，西厂舞灯、放烟火最盛。清晨先于圆明园宫门列烟火数十架，药线徐引，燃成界画栏杆五色。每架将完，中复烧出宝塔楼阁之类，并有笼鸽及喜鹊数十，在盒中，乘火飞出者。

"燃成界画栏干五色"说得很形象，因为烟火架子像悬挂钟、缶磬的架子一样，并排摆许多，在黑黝黝的夜色中，被烟火的五彩强光一照，自然成为彩色的界画栏杆了。

烟火在北京，别名又叫"盒子"，放烟火也叫放盒子。为什么叫"盒子"呢？因为在未放之前，总是盒状的，把里面的东西藏起来，外面看不见，统名之曰：

吉爆占豐
燒香東嶽廟賽放爆仗

▶（清）黄钺《吉爆占丰》（局部）

"盒子"。制烟火曰："扎烟火"，这要先由最基本的说起。明人沈榜《宛署杂记》烟火释名云：

> 燕城烟火诸制，有声者曰"响炮"，高起者曰"起火"，起火中带炮连声者曰"三级浪"，不响、不起、旋绕地上者曰"地老鼠"。筑打有虚实，分两有多寡，因而有花草人物等形者曰"花儿"，名几百种，别以泥函者曰"砂锅儿"，以纸函者曰"花筒"，以筐函者曰"花盆"，统名曰"烟火"云。勋戚家有集百巧为一架，分四门次第传爇，通宵不尽。

这一段把烟火的概念说得十分清楚，即烟火既是一个广义的概念，凡鞭炮、花筒等均可名之曰"烟火"；又是一个狭义的概念，即"集百巧为一架，分次第传爇"的烟火盒子。我国出产烟火的地方很多，著名的如湖南的浏阳、广东的顺德、河北的束鹿，都是有名的出产炮仗、花筒的地方。单只的如《红楼梦》中说的"满天星""九龙入云""平地一声雷""飞天十响"等，这都是单只的。其制作材料是火药（包括硝、硫磺、木炭屑、锯末等）、绵纸、草纸、麻筋、胶泥等。绵纸包火药，搓成药绳，即导火线。用草纸卷成几层厚的小筒，一头用胶泥封口，中间用锥子锥个小洞，穿上药线，装上火药，另一头也用胶泥封好，纸筒再用麻筋缠紧，这就等于把火药密封起来，一点火绳，便会引着中间的火药，发生爆炸，轰然巨响，这便是炮仗。扎得紧，比较大的，便是"平地一声雷"。装火药的时候，中间再隔断开来，先是一响，再引起第二响，便是"双响"，俗名"二踢脚"，隔三格，便可作成"三级浪"。同样纸筒，一头泥封好，中间装的火药中再加木炭屑或硝等其他东西，另一头封得松些，加个粗火药绳做芯子，点燃之后，火药由一头喷出，加着燃炽的木炭屑等，在夜幕中形成闪亮的火花，而且可以形成各种彩色火花，绚丽耀眼，这便是各种"花筒"。把小纸筒中间隔开，装上不同的火药，封口时，一头紧，一头松，倒放着扎在一根细麻杆上，药芯在下面，点燃后，火星由下面喷出，产生强大的反坐力，便一道光线，划破黑夜，腾空而起，这就是"起花"，进而发展为"九龙入云""飞天十响""炮打灯"等等。这是我国古代劳动人民出色的科学创造，现代的最先进的宇宙火箭、航天飞机，都是运用这个原理的。

用一个木架子，把各种单只的炮仗、花筒、起花等，依次绑扎在一起，用搓好的绵纸火药纸绳，把所绑扎在一起的炮仗、花筒、起花等单只上的导火线，都连在一起，只要点燃一头，便可把所有的炮仗、花筒、起花等依次引燃。全部绑扎好，串连好之后，四周再用彩色纸糊起来，只留一个总的导火线在下面，用红纸包住，这就是"盒子烟火"了。放的时候，把这个盒子吊在架子上，把包住导火线头的纸扯开，把药线点燃，顺着药线的线路，所有单只炮仗、花筒等便都被引着了，有的哔剥乱响，有的轰然一响，有的火星四射，光线强烈，有的火线飞起，射入高空，再用彩纸剪扎成各样人形，随着强烈光线，照出里层的各种人物故事，如"八仙过海""福、禄、寿三星""刘海戏金蟾""洞宾戏牡丹""关公看春秋""刘备招亲""唐僧取经"等等，所以《红楼梦》中说"各

▶ 走马灯

色故事俱全"。再有把"走马灯"的原理和烟火盒子结
合起来，这些故事人物在亮光中会动，会转，造成奇
观。而这些纸人腹中，或纸人后面，还扎着第二层、
第三层炮仗、花筒等，随着药线的燃烧，又引燃里层，
顷刻之间，这些故事人物，又变成火花四射，燃烧过
后，可能又照耀出里层故事。按赵翼《檐曝杂记》所
记，最后鸽子、喜鹊乘火飞出，这就是特别高级的了。
自然一般的不大可能把活飞禽藏在里面，因为一般烟
火盒子店中卖的，都是很久之前扎好的，活飞禽放在

里面，时间一长，饿也要饿死了。圆明园中宫廷烟火，那是现扎现放，自然可以。一般要做到这点，只有自己会扎烟火，细想想也并不是太难的。

扎烟火是一门专门工艺技术，扎各种烟火盒子，常见的都有一些固定药线路子，扎几只双响、几个花筒、几个起花、几个炮打灯，都是固定的，比较容易扎。特殊的要高手艺人自己创造，各人有各人的巧妙，那就变化无穷了。扎烟火盒子，最怕把药绳线路弄乱，或者排错，引起一下子全部燃烧，那就坏了。芝兰室主人《都门杂咏》"放盒子"云：

　　花灯彻夜是元宵，盒架高支望去遥。
　　最怕层层分不断，连皮带骨一起烧。

这就是说导火线连贯得不好，引起燃烧，不只是炮仗、花筒响，火星喷射，甚至连里面的木架子也烧起来了。

清人笔记中记圆明园放烟火的很多。乾隆时，也就是《红楼梦》时代，例如在"山高水长"（圆明园四十景之一，最空旷）放灯，放烟火，最极一时之盛。文中写"俱系各处进贡之物"，这都有真实历史背景的。明人张岱《陶庵梦忆》中记"鲁藩烟火"云：

> 殿前搭木架数层，上放黄蜂出窠，撒花盖顶，天花喷礴……烟焰蔽天，月不得明，露不得下，看者耳目攫夺，屡欲狂易……

《红楼梦》写放烟火，与此大同小异。在黑黢黢的夜空，看着强烈的、刺目的火光，闪花，巨响，强烈的火药硫磺味，真是"耳目攫夺"。所以贾母说"解解酒"，这是可以大醒醉意了。